U0579615

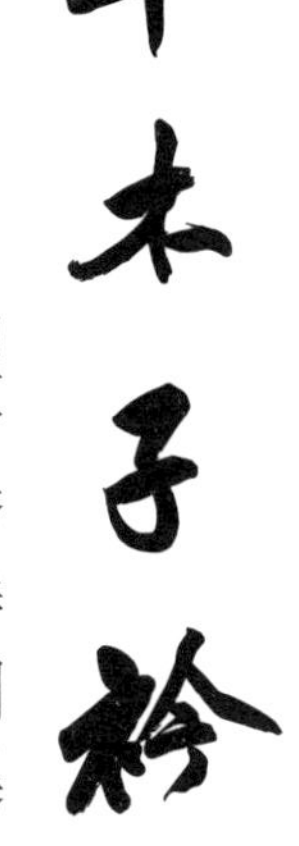

——望雪斋诗词集

张根存 著

H.P.H
哈尔滨出版社
HARBIN PUBLISHING HOUSE

图书在版编目（CIP）数据

草木子衿 ：望雪斋诗词集 / 张根存著. -- 哈尔滨 ：哈尔滨出版社，2024.3

ISBN 978-7-5484-7713-6

Ⅰ. ①草… Ⅱ. ①张… Ⅲ. ①诗词－作品集－中国－当代 Ⅳ. ①I227

中国国家版本馆 CIP 数据核字（2024）第 039418 号

书　　名： 草木子衿 ：望雪斋诗词集
CAOMU ZIJIN : WANGXUEZHAI SHICI JI

作　　者： 张根存　著
责任编辑： 韩伟锋
封面设计： 树上微出版

出版发行： 哈尔滨出版社（Harbin Publishing House）
社　　址： 哈尔滨市香坊区泰山路82-9号　　**邮编：** 150090
经　　销： 全国新华书店
印　　刷： 湖北金港彩印有限公司
网　　址： www.hrbcbs.com
E-mail： hrbcbs@yeah.net
编辑版权热线：（0451）87900271　87900272

开　　本： 880mm×1230mm　1/32　**印张：** 8.5　**字数：** 171千字
版　　次： 2024年3月第1版
印　　次： 2024年3月第1次印刷
书　　号： ISBN 978-7-5484-7713-6
定　　价： 68.00元

作者簡介

张根存，一九八三年生，笔名陇上雨人，号望雪斋主人，甘肃省环县人，毕业于陕西师范大学，本科学历。现居广东省珠海市，任教于珠海某市属高中。热爱讲台、喜欢学生，从教十八年，如鱼饮水，冷暖自知。曾参编地方乡土历史文化教材，有多篇教科研论文发表或获奖，现主持珠海市教科研课题一项。爱好阅读、运动、书法、写作，尤喜格律诗词，诗词作品散见于『中国诗词论坛』等专业诗词网站或有关刊物。

内容简介

本诗词集名《草木子衿——望雪斋诗词集》，收集了作者近几年的诗词作品近三百首，分为四辑。第一辑为『读书咏史』，作者利用自身历史专业优势，咏叹历史，史诗结合，文史互彰，咏史诗作可以引发普通文史爱好者的思考，针对未来读者中中学生的知识和认知层面，做了合适的相关注解，尤其是在注释中引入了高校历史研究前沿的相关成果，作者在沟通高校文史研究和中学文史教学方面起到了桥梁的作用，在这方面做了有益的探索。第二辑为『为师阅世』，此辑记录了作者与学生的浓浓师生情感，体现了作者作为教育工作者的拳拳初心，有苦有乐，有奉献，有收获。第三辑为『览物述怀』，作者把生活过成诗，把诗融入生活，体现了作者乐观旷达的生活态度。第四辑为『乡思亲情』，作者生在陇东黄土高原，学在古城西安，教在滨海之城珠海，南北生活的经历、思乡情怀的萦绕，都为作者的诗词创作提供了很好的素材。总之，作者将生活与诗歌、读书与教书、为师和阅世、历史和现实、亲情与乡思融为一体，融入生活，用心生活，用心体会，把对生活饱含的热情化为诗词，在诗词中体味历史、感受生活。

序

开场白

人生在世，最有意义的事情是什么？我觉得：一是活得明白，二是活成人样。

想活得明白，首先要学历史，略知我们从哪里来，要到哪里去。这有点儿难，因为史家追求真相，而有人却想掩盖真相；中学教材只能介绍梗概，中学教师就有责任去引导学生明辨是非，释疑解惑。

所谓活成人样，就是不同于禽兽，不同于牲畜，也不同于宠物，是能够说人话的人。『人话』的基本要求是合逻辑，讲真话，那最高的境界可以是诗歌。

序言

历史课本很枯燥，不能满足我们的兴趣爱好。语文课本中的古典诗词，让我们发现古人语言表达的高雅和优美。

如果能有一本书，把生动的历史、生活的现实与优美的诗歌糅合在一起，用诗歌解说疑惑，表达愿望，读这种书就是一种享受。

记得有一位音乐学院的教师问我，你们历史老师能不能用诗的语言讲历史？我说很难。我老实说由于蹉跎岁月太多，自己就做不到。能够享受诗歌音韵的美好和内蕴的丰富，这是人类所特有的能力；但这种能力不是天生的，只有通过完整的培养教育才能获得。

癸卯季春，望雪斋主根存同学邀我到他『寒舍』品茶。茶是平常茶，水是普通水，言谈间他摊出近日所作的诗词。吟诵那些清波荡漾的诗句，既在讲历史，又表达自己鲜明的爱憎、美好的愿望，这令我陶醉；我感觉这样讲历史正是自己想做而做不到的；自己得到了一个知己，忘年的知己。

五十多年前，一九七〇年，奇特的命运把我从大城市送到离张根存家乡不远的山沟，那里有一条河，主流叫『葭芦水』，或许就是《诗经·秦风》里说的『蒹葭苍苍』的地方；我辗转在『黑水坑』『通秦寨』『金明寺』。在山民眼里，集市上出现了一个穷书生，苦行僧，那正是鄙人。俺与『信天游』中的哥哥一样，与乡亲们一道『战天斗地』，我也能在山沟里静思『上庠』中积累的疑问，在窑洞倾听家长诉说悲苦，在山梁上聆听『信天游』。正是在这里，我才开始读懂历史。

『信天游』声动幽谷，响遏行云，道出了山民们对于『活成人样』的渴望。有时候，我想呐喊；偶尔，我想哭。

『诗与远方』可以概括我在黄土高原上盘桓游荡的十年，我是幸运的。

根存请我为他的诗稿《草木子衿》作序，我没有以不懂诗词格律为由推辞，因为我了解这个从陇东高原负笈长安的学生。

二〇〇五年夏天，毕业离校时，根存携女友来向我道别。问到他考研的情况，他说，考了四百多分，实际是那届考生中的最高分。但是他不打算读研了。

『为什么？』

『家里经济困难，父母兄弟很辛苦，我得赶紧挣钱。』

『那你为什么又要考研？』

『已经报了名，又改变了主意。姑且考一下，了解自己的状态。』

『考得那么好，又不读了，导师会很生气的！』

『是啊，很艰难的抉择。对不起导师。』

『下一步到哪去？』

『她老家在秦巴山区，也需要她赶紧挣钱。她已经签到东莞。我签到珠海。』

信天游启发了我，我真想爬上山圪梁梁放开嗓子喊两声：

『哥哥已乘在了妹心间，咋能让妹妹再等三年！』

希望他的导师能听见，能原谅他。

隔着秦岭，他们相约终身。越过五岭，他们相呴（音许）以湿，相敬如宾。我认为，这就是活成了人样。

为他的放弃读研，为他俩南下之前来跟我道别时忘记合影留念，我曾经十分遗憾。十八年之后，读着他的诗稿《草木子衿》，我为他活得明白由衷赞叹。

『草木子衿』四字意味隽永。我想借此机会多说几句。

白居易出道的第一首诗，『离离原上草，一岁一枯荣。野火烧不尽，春风吹又生』，诗的主题，是赞扬最接地气的小草具有最为顽强的生命力。白乐天的伟大，就在于他的心始终向着小草，为卑微鸣不平，为痛苦呻吟。

孔子说：『草上之风必偃。』草毕竟柔弱，『随风倒』是难免的。草民的命运，往往取决于风向。孔子寄希望于有『德』的『君子』。所谓君子，就是心地善良，能够『成人之美』，『己所不欲勿施于人』的先生。先生有责任，扶着小草站立起来；如果有条件，就让它们长成大树。

不知起于何时，社会上流行一句『古训』：『吃得苦中苦，方为人上人。』

愚以为：自己得到尊重，也尊重他人，这就是『活成了人样』。人人平等待我，我亦尊重人人，这是我的理想。同时我发誓，自己决不做『人上人』，也不培养『人上人』。『人上人』的欲望，是当今社会的万恶之源。

鄙人做教师，至今有半个多世纪了。每年一茬新生进校，我都有『春风吹又生』的感觉。新生啊，总会有那么些可造就为栋梁的大材，也有可雕镂为艺术品的『怪才』，也有暂时看不明用途，但总归是他们父母的希望所在。不论如何，我绝不希望他们中的任何一个，堕落为『人上人』。

『青青子衿，悠悠我心』，语出《诗经·郑风·子衿》：

『青青子衿，悠悠我心。纵我不往，子宁不嗣音？青青子佩，悠悠我思。纵我不往，子宁不来？挑兮达兮，在城阙兮。一日不见，如三月兮。』

从字面看，大多数人容易断言这是一首情诗；在人世间，似乎只有对情人，才可能有这样的缠绵牵挂；包括南宋大儒朱熹在《诗集传》中，也认为此诗为『淫奔之诗』；更不用说近代一些文人，不了解《诗经》产生时代的历史背景和文化风尚，也不顾历代文人的常识，只相信自己的感觉，而要『就诗论诗』，『青青子衿』就这样被他们说成了『情人』。

秦始皇焚书之后，在西汉初年儒生毛亨、毛苌整理的《诗经》（学术界简称《毛诗》）中，《子衿》『小序』说：『刺学校废也。乱世则学校不修焉。』

『子衿』指的是学生；《郑风·子衿》，表达的是教育荒废的年代，老师对学生深切的关爱。

《毛诗》历两千年不衰是有道理的。《郑风》产生的时间是西周末年厉王暴政、『国人暴动』、『周召共和』之后，郑桓公率族人由华山北麓移民到河南新郑；不久又有西周灭亡，平王东迁洛邑。此即『小序』所谓『乱世』。郑国系王室近亲，十分重视教育，一定会『谨庠序之教，申之以孝悌之义』（《孟子·梁惠王上》）。西周『礼制』十分严格，车马衣饰都有细致规定。『青衿』，青色衣领交于前胸，是专为『学子之所服』。庠序之中，根本没有女性，『情人』从何谈起？

讲一个故事：在《诗集传》中弃《毛诗》『小序』不用的大儒朱熹，在他的《白鹿洞赋》中，有『广青衿之疑问』，『乐菁菁之长育』句，说师生在白鹿洞书院答疑解惑，以培养学生成长为乐。弟子质疑：你不是说『小序』不可信吗？怎么还以『青衿』指代学生？朱子答曰：『旧说亦不可废。』（清初陈启源《毛诗稽古编》卷十《菁菁者莪》）实际上朱子对《诗序》是有废有从。原则便是他的『理学』。一遇到『情诗』，不细审此『情』非彼『情』，率然断为『淫诗』，误导后人，危害匪浅。

由西汉至明清，两千年间，文人墨客凡用『青衿』，皆指倾心育才，美教化、正风俗，或求贤若渴，无一例谈情说爱。将『青衿』解为『情人』，岂不滑天下之大稽！

好啦，现在可以阅读正文了。

《读书咏史篇》：睥睨千古，信手拈来。

《为师阅世篇》：最难得，雪斋清欢。

《揽物述怀篇》：观瀑秦岭，品茗小楼。

《乡思亲情篇》：陇上雨人，原是柔弱小草。

结束语

读懂了历史，才能活得明白；有诗歌相伴，生命更加精彩。

感谢命运，让我读懂了历史；感谢信天游，让我拥有了『诗与远方』；感谢《草木子衿》，让

我坚信，未来一定更好。

是为序。

戈辰　癸卯立秋　零丁洋西岸

（戈辰，本名臧振，历史学教授、博导）

目　录

第三辑 览物述怀 一一九

第四辑　乡思亲情　一八一

第一辑

读书咏史

夜读二则

其一

窗前夜雨正疏狂，枕上翻书访汉唐。只要心中天与地，百夫笑我又何妨[1]。

其二

浮生自笑亦轻狂，不为折腰换斗粮[2]。一叶扁舟风雨里，几重波浪奏平章。

①唐代杨炯《从军行》：『宁为百夫长，胜作一书生。』

②典出晋陶渊明『不为五斗米折腰』，萧统在《陶渊明传》中有记载：『会郡遣督邮由至，县吏请曰：「应束带见之。」渊明叹曰：「我岂能为五斗米，折腰向乡里小儿。」』需要指出的是，很多人把『五斗米』理解为陶渊明的俸禄，其实，此处的『五斗米』是指五斗米道教。东汉末年，张道陵创立道教，入道者要出五斗米。后来，道教在江南豪族中广为传播，『五斗米』道教也就成了权贵的象征。

读《翦商》①

殷牢无计②响残声，牧野③有功治未成。革鼎千年人祭绝，周公④礼乐化新生。

---

①《翦商：殷周之变和华夏新生》，作者李硕。

②周文王姬昌，被帝辛所忌，囚之于羑里，囚禁期间，推演《周易》，按李硕书所表达，姬昌在殷牢里亲眼看到了殷商的人祭，并写入《周易》之中。

③牧野之战，是周武王联军与商朝军队在牧野进行的决战。商纣王兵败自焚，商朝灭亡。

④周公：姬旦，周武王之弟。周成王即位时年幼，由其叔父周公摄政，周公确立了礼乐制度。《翦商》的核心观点是，周公用礼乐制度替代了残酷的人祭制度，促成了华夏文明的早熟。

抄书有感

此生无复问沉浮，暂置牛鞭歇荷锄①。欲向红尘寻未得，不如挽袖夜抄书。

读《文明的地图》

读张信刚《文明的地图：一部丝绸之路的风云史》，张先生阅历丰富、见识远卓，走过一百多个国家，亲身考察世界上的多种文明，读来十分享受，获益匪浅。

千载驼铃入梦华，吟鞭西指向天涯②。谈兵纸上非学问，唯有躬行乃大家③。

①荷锄：荷，读作『贺』，背负。宋陆游《荷锄》：『亩畦蔬地，秋来日荷锄。何曾笑尔辈，但觉爱吾庐。』

②化用清龚自珍《己亥杂诗》：『浩荡离愁白日斜，吟鞭东指即天涯』。张信刚教授曾长期做香港城市大学校长，是享有盛誉的生物医学工程专家。张信刚先生学贯中西，兼通文理，曾一路向西，亲身考察古代丝路文明。

③宋陆游诗《冬夜读书示子聿》名句：『纸上得来终觉浅，绝知此事要躬行。』

观电影《满江红》

张艺谋贺岁片《满江红》上映。岳飞案是个政治悲剧，演员演技可圈可点，但个人以为张艺谋的电影没有走出忠奸论的历史窠臼。

马壮兵威吹紫门，汉家天下赵家臣。莫须有①里实相问，谁保征袍不变身②？

①《宋史·岳飞传》记载了『莫须有』故事，大意是说，岳飞被害，韩世忠挺身而出，质问秦桧，有什么证据证明岳飞谋反？秦桧说了一句模棱两可的话『莫须有』。当代宋史学家李裕民先生通过考证认为，『莫须有』的说法是宋孝宗为高宗开脱罪责，韩世忠之子韩彦古重塑父亲光辉形象，使赵雄另撰碑文，杜撰了『莫须有』的故事，具体论述可参考李裕民《宋史考论二集》之《『莫须有』故事辨伪》。

②用典『黄袍加身』，典故源自五代后周时赵匡胤发动陈桥兵变，部下诸将给他披上黄袍，拥立为天子。出自《旧五代史·太祖纪一》：『乱军山积，登阶匝陛，扶抱拥迫，或有裂黄旗以被帝体，以代赭袍，山呼震地。』

叹『子贵母死』

读田余庆《拓跋史探》，田先生开篇即论拓跋部『子贵母死』问题。这一违背人伦的帝术不是拓跋氏的发明，汉武帝立刘弗陵杀拳夫人就用过了。有汉仅此一例，但拓跋政权却继承发扬之。

卫军[①]盛势震胡天，夜半央宫[②]帝未眠。不怕戾园多木偶[③]，最怜翠鸟[④]入甘泉。

---

①卫军：指卫青所领部队。卫青是汉武帝皇后卫子夫之弟，外戚，一生七次出征匈奴，战功卓著。

②央宫：指未央宫，西汉帝国的大朝正宫，汉朝的政治中心和国家象征。在后世人的诗词中，未央宫已经成为汉宫的代名词。

③戾园：指武帝太子刘据，典出『巫蛊之祸』，『巫蛊之祸』是汉武帝在位后期发生的重大政治事件。武帝晚年多疑，有人告发太子刘据使『巫蛊』之术诅咒武帝，结果父子反目，太子被杀，卫家势力被灭。

④《太平御览》引《汉武故事》：『拳夫人进为婕妤，居钩弋宫，解黄帝素女之术……上哀悼，又疑非常人，发冢，空棺无尸，惟衣履存焉。起通灵台于甘泉。常有一青鸟集台上，至宣帝时乃止』。需要说明的是，《汉武故事》多奇说志怪，史学研究者一般不会当为信史。

为闺女画《四美图》配诗外四首

十岁闺女爱画画、喜读史。近几日放学后做完作业，每日画古代四美图及其他，从昭君开始，并嘱爸爸配诗。一日一画一诗，八首绝句遂成。

其一　王昭君

辞君上马向胡天，塞北帐前解玉鞍①。莫叹红颜薄命定②，明妃一曲万民安③。

---

①此两句尝试用电影剪辑手法『蒙太奇』，表达王昭君出塞从长安出，经雁门关，到达匈奴单于所在地（今内蒙古固阳县儿）艰辛之过程。

②宋欧阳修《明妃曲和王介甫作》：『红颜胜人多薄命，莫怨春风当自嗟。』

③唐杜甫《咏怀古迹五首·其三》：『群山万壑赴荆门，生长明妃尚有村。一去紫台连朔漠，独留青冢向黄昏。画图省识春风面，环珮空归夜月魂。千载琵琶作胡语，分明怨恨曲中论。』

其二 杨玉环

乘舆乱作向西行，阿那曲[1]声不忍听。此去巴山遗远恨，马嵬[2]柳色最无情。

①阿那曲：词牌名，传初为杨贵妃创制。阿那，又作『婀娜』，形容舞姿柔美。史书载杨贵妃『善歌舞，通晓音律』。

②安史之乱，玄宗西逃入蜀，路过马嵬坡，将士逼迫玄宗赐死杨贵妃。唐罗隐《马嵬坡》：『佛屋前头野草春，贵妃轻骨此为尘。从来绝色知难得，不破中原未是人。』

其三　貂蝉

牡丹亭里计连环①，欲引秋波父子残②。长叹折腰埋骨处，英豪多少为红颜③。

①貂蝉，《三国演义》及其衍生作品中的角色，是中国古代四大美女之一。貂蝉是民间传说中人物，其登场于《三国演义》，只是小说家为了增添色彩而加进去的，正史并无记载。

②在小说《三国演义》中，貂蝉为东汉末年司徒王允家的义女，受王允所托，使用连环美人计，周旋于两个男人之间，成功地离间了董卓和吕布，最终借吕布之手除掉了董卓。

③明末清初吴伟业诗《圆圆曲》，『恸哭六军俱缟素，冲冠一怒为红颜』。

其四 西施

吴山不比越山青[①]，浣女[②]姑苏卸甲兵。早厌庙堂风雨恶，归怀倦鸟自飘零[③]。

---

①化用宋代林逋《长相思·吴山青》，『吴山青，越山青，两岸青山相对迎』。西施是春秋末期越国女子，越王勾践在对吴国战争中失利后，采纳文种『灭吴九术』之『遗美女以惑其心，而乱其谋』。

②唐李白《送祝八之江东赋得浣纱石》『西施越溪女，明艳光云海。未入吴王宫殿时，浣纱古石今犹在』。

③据传勾践灭吴后，西施随范蠡泛五湖而去，不知所终。

其五 褒姒

莫使红颜定盛衰，千年世事早成灰。周人若恨千金笑①，何解赧王躲债台②？

①典出周幽王『烽火戏诸侯』，《诗经·小雅·正月》：『赫赫宗周，褒姒灭之。』司马迁《史记·周本纪》：『褒姒不好笑，幽王欲其笑万方，故不笑。幽王为烽燧大鼓，有寇至则举烽火。诸侯悉至，至而无寇，褒姒乃大笑。』

②典出班固《汉书·诸侯王表序》：『分为二周，有逃责（债）之台，被窃铁之言。』周赧王是东周末代天子，因逃债避居宫内台上，周人称其台为『逃债台』，『债台高筑』的成语即由此而来。

其六 妹喜

汉后裂缯①传世长，天行有道②代撑扛。

茫茫青史无男儿，弱女何由作罪羊？

①关于妹喜最早的记载是《国语·晋语》，只说：『昔夏桀伐有施，有施人以妹喜女焉，妹喜有宠，于是乎与伊尹比而亡夏。』只是到了汉代以后，才有了纵情声色、恣意享受、酒池肉林、裸身嬉戏种种说法。

②荀子《荀子·天论》：『天行有常，不为尧存，不为桀亡。』

其七 苏妲己

古史读来意已殊，千秋功罪问沉浮。从来色念心头起，莫怨人间有媚狐①。

① 汉司马迁《史记·殷本纪》记载商纣王『好酒淫乐，嬖于妇人。爱妲己，妲己之言是从』。明代神话小说《封神演义》演绎，说妲己是千年狐精附体，受女娲之命来祸乱殷商的。

其八 贾南风

无脑君王配恶妻，南风[①]倒卷北胡旗。九州黎苦八王乱[②]，忙劝饥人食肉糜[③]。

①贾南风：西晋太宰贾充之女，晋惠帝司马衷的皇后。

②贾南风貌丑而性妒，因惠帝懦弱而一度专权，是西晋时期『八王之乱』的罪魁祸首，后死于赵王司马伦之手，而随后的『八王之乱』则引发了历史上著名的『五胡乱华』。

③出自《晋书·惠帝纪》：『天下荒乱，百姓饿死，帝曰：何不食肉糜？』

咏唐帝陵五则①

陪十岁女儿看历史动画片《唐帝陵》，赏观一集，胡诌一诗。先看高祖『献陵』，李渊应该是被后世严重低估的开国皇帝。

其一 高祖献陵②

风云际会定朝纲，论史莫轻③开国皇。纸上卑躬④谋大业，功成不只靠秦王。

①历史动画纪录片《唐帝陵》很是好看，但遗憾只做了唐代前五位皇帝，因此暂且咏诗五则。

②唐献陵：位居今陕西省渭南市富平县境内，为唐高祖李渊和太穆皇后窦氏的陵寝。贞观九年，太上皇李渊驾崩，李世民依李渊遗愿，根据东汉光武帝刘秀陵寝建制，封土为陵。

③关于晋阳起兵，大唐建国事迹的官修正史，皆是玄武门之变后，太宗李世民授意史官撰写，但根据唐初温大雅《大唐创业起居注》所载：正是李渊本人一手策划了晋阳起兵，且谋划已久，在大唐立国中，李渊起了主导全局的角色。

④《资治通鉴·隋纪》中所载：『刘文静劝李渊与突厥相结，资其士马以益兵势。渊从之，自为手启，卑辞厚礼。』李渊对突厥的示弱讨好，换来了突厥对他建国大业的支持；《通鉴纪事本末·高祖兴唐》记载李渊为迷惑李密，亲写奉承之信：『与兄派流虽异，根系本同。自唯虚薄，为四海英雄共推盟主。』

其二 太宗昭陵①

武德九年六月初四清晨，是这位一代明君一辈子的隐痛。

相煎萁豆②坏人伦，天策③君王怕墨痕④。若是心头无愧色，夜来何苦唤门神⑤。

①唐昭陵：位于陕西省咸阳市礼泉县烟霞镇九嵕山的主峰上，是唐太宗李世民与文德皇后长孙氏的合葬陵墓，是中国历代帝王陵园中规模最大、陪葬墓最多的一座。贞观十年，长孙皇后崩，遗言薄葬，将其安置在九嵕山。唐太宗以九嵕山建昭陵，并诏令子孙『永以为法』，开创唐代帝王陵寝制度『因山为陵』的先例。

②曹魏时期曹植：《七步诗》『煮豆持作羹，漉菽以为汁。萁在釜下燃，豆在釜中泣。本是同根生，相煎何太急？』。

③虎牢关之战，秦王李世民功劳太大。李渊制《秦王天策上将制》『可授天策上将，位在王公上』，封李世民为天策上将。

④史官记录皇帝起居的工作本是独立不受其他事情干扰的，皇帝也不能看起居注。太宗即位后，执意要看，从而改变了这个规则。《资治通鉴》载：太宗言『朕之为心，异于前世。帝王欲自观国史，知前日之恶，为后来之戒，公可撰次以闻。』

⑤门神：李世民手下名将秦琼和尉迟敬德。

其三 高宗武则天乾陵①

日落梁山②如意③归，榴裙④箱里冠成堆。庐陵王子⑤传家业，不为娘亲论是非。

---

①唐乾陵：唐高宗李治和女皇武则天的合葬墓，位居今陕西省咸阳市乾县境内。乾陵是唐十八陵中主墓保存最完好的一个，也是唐陵中唯一一座没有被盗的陵墓。

②梁山：位于陕西省咸阳市乾县，唐太宗开『依山为陵』之先河，李治循之，梁山是唐高宗李治与武则天的合葬墓乾陵所在地。

③《如意娘》是武则天在感业寺出家时为李治写的一首情诗。武则天本来是唐太宗李世民的后宫『才人』，太宗驾崩，依据后宫制度，未为先皇生育的妃嫔们必须出家为尼，武则天因此被转移到感业寺做尼姑。

④武则天《如意娘》诗：『看朱成碧思纷纷，憔悴支离为忆君。不信比来长下泪，开箱验取石榴裙。』

⑤庐陵王子：李显，武则天第三子，二度为帝。武则天晚年，在传位问题上，传子还是传侄，纠结不已。《资治通鉴》记载重臣狄仁杰劝谏武则天：『陛下立子，则千秋万岁后，配食太庙，承继无穷；立侄，则未闻侄为天子而祔姑于庙者也。』因此，武则天决心抑制武家势力，扶持其子李显复位太子。

其四　中宗李显定陵[1]

不事天伦事互杀，无情最是帝王家[2]。洛阳[3]如比房陵[4]好，缘底明堂太气煞？

①唐定陵：唐中宗李显陵寝，位于富平县宫里镇凤凰山。景龙四年，中宗驾崩，未几，韦皇后在『唐隆政变』中被诛杀，大臣们认为韦氏没有资格祔葬中宗。

②李显一生坎坷，两度称帝，长期活在母亲武则天阴影之下，李显的儿女大多在宫廷权力斗争中被杀，在位期间重用皇后韦氏集团。传统史学认为李显被韦后和女儿安乐公主毒死，现代一些学者则认为李显可能死于唐代皇室的遗传病『风疾』，即心血管疾病。

③唐代实行二京制，西京长安，东都洛阳，武则天长期在洛阳居住，并建明堂，中宗李显在洛阳复位。

④李显皇位被黜，武则天本来将其流放庐陵（今江西吉安），但李显体弱多病，加之当时东南政局不稳，宰相裴炎建议：『房州古亦称房陵，庐者近墓也，房者宅也，太后爱子，去庐就房，庐陵王得生，此天意也！』武则天允之，庐陵王李显流放到离洛阳较近的房陵（今湖北房县）。

其五　睿宗李旦桥陵①

不做金銮一梦空，泰伯断发入吴东②。还谁主动让天下，青史遍翻剩睿宗③。

①唐桥陵：唐睿宗李旦之陵墓，位于陕西省渭南市蒲城县丰山西南。桥陵建于开元盛世，国力强盛，陵寝规模恢弘壮丽。五代时，被后梁节度使温韬组织军队所盗。

②司马迁《史记·吴太伯世家》记载，『吴太伯，太伯弟仲雍，皆周太王之子，而王季历之兄也。季历贤，而有圣子昌，太王欲立季历以及昌，于是太伯、仲雍二人乃奔荆蛮，文身断发，示不可用，以避季历。季历果立，是为王季，而昌为文王。太伯奔荆蛮，自号勾吴』。

③李旦一生，二登帝位，三让天下，一让母武则天，二让兄李显，三让子李隆基，通达睿智，似弱非弱，进退有据，方能在腥风血雨的皇权争斗中安然生存，全身而退。

读鲁公

读《中正之笔：颜真卿书法与宋代文人政治》，美国人倪雅梅著。书中核心观点是：宋代文人集团有意识地制造了颜真卿的书法地位。

字显雄浑改二王，人因忠烈竞流芳。鲁公[1]笔力能扛鼎，千载斯文浩气长。

枕边书

已惯清灯夜色长，先贤与我共思量。诗书做伴人长久，明月清风好梦凉。

[1] 颜真卿官至吏部尚书、太子太师，封鲁郡公，人称『颜鲁公』。

读书解郁

胸有郁结志不平，世情纷扰意难宁。红尘多少恼人事，扫去尘埃心自明[①]。

世界读书日

此生负笈[②]走江湖，利禄功名心已除。世事纷纭无一计，闲来信手乱翻书。

---

①唐惠能《菩提偈》：『菩提本无树，明镜亦非台。本来无一物，何处惹尘埃。』

②唐白居易《短歌曲》：『负笈尘中游，抱书雪前读。』

读《告别未名湖》

收到大学业师臧振教授寄来的书《告别未名湖：北大老五届诗集》，翻阅后感慨记之。

独立向来知辱荣，自由何往问西东[1]。人生多少风霜雨，洒入寥寥数笔中。

小斋（久雨初晴后作）

久雨新晴花自开，霁云满眼入窗来。读书写字且为乐，天地精神聚小斋。

① 陈寅恪先生名句：『独立之精神，自由之思想。』一九二九年陈寅恪先生在给国学大师王国维撰写《海宁王静安先生纪念碑铭》：『先生之著述，或有时而不彰；先生之学说，或有时而可商；惟此独立之精神，自由之思想，历千万祀，与天壤而同久，共三光而永光。』

咏西汉帝陵十二则

壬寅寒假，和闺女观看历史纪录片《西汉帝陵》系列历史动画纪录片。观看一集，咏诗一首，遂成十二咏也。

其一 高帝刘邦长陵①

泗水亭②前气势高，骊山徒③里作贼枭。汉家将士谁能主？不是痞氓④是俊豪。

①汉长陵：汉高祖刘邦与皇后吕雉的陵墓，位于陕西省咸阳市窑店镇三义村。汉长陵的营建规模虽不是汉代帝王陵墓中最大的，但其陪葬墓却是西汉诸帝王陵墓中最多的，并构成了一个庞大的陵墓群。唐彦谦《长陵诗》句：『长陵高阙此安刘，附葬累累尽列侯。』

②泗水亭：位于江苏省徐州市沛县，汉代开国皇帝刘邦曾做过『泗水亭长』，为基层小吏。古代十里为亭，十亭为乡。

③汉司马迁《史记·高祖本纪》：『高祖以亭长为县送徒骊山，徒多道亡。自度比至皆亡之，到丰西泽中，止饮，夜乃解纵所送徒。』刘邦此行为，代表着他与秦朝的公开决裂，是他人生的重要转折点。

④关于刘邦形象，因《史记·高祖本纪》载，『始大人常以臣无赖，不能治产业，不如仲力。今某之业所就孰与仲多？』长期被认为是流氓皇帝，但有学者认为此处『无赖』，指『无所依赖』，应是没有田产的无业游民，不涉及评价刘邦道德水平。

其二 惠帝刘盈安陵[1]

未央阶下算谋多，海内还来分郡国[2]。且倒余樽兄弟在，齐王由此渡劫波[3]。

①汉安陵：汉惠帝刘盈墓，位于咸阳渭城区。其封土规模与一般的汉代帝后陵相比，规模显小，甚至不如其陪葬墓中的鲁元公主墓高大，这在西汉诸陵中是少有的。

②汉初，在地方上实行『郡国并行制』，即一方面设郡，另一方面分封同姓和异姓子弟为王，建立诸侯国。诸侯国后来逐渐成为割据一方的地方势力。

③齐王，刘肥。汉司马迁《史记·齐悼惠王世家》：『刘肥者，高祖长庶男也。』

其三　文帝刘恒霸陵

渭水西来霸坐东，断崖封土作玄宫①。长安虽是物华地，何若天天望子冢②。

①西汉其他皇陵大多建在渭北平原上，唯汉文帝霸陵选址在西安市东南方白鹿原，依山而建。

②吕后乱政之后，朝臣拥立代王刘恒称帝。为汲取外戚干政的教训，大臣们认为刘恒的母亲薄氏作风严谨，心地善良。《史记·吕太后本纪》记载：『代王方今高帝见子，最长，仁孝宽厚。太后家薄氏谨良。且立长故顺，以仁孝闻于天下。』刘恒以俭、孝著称，长期在代国生活，母子情深，文帝霸陵与其生母薄姬墓遥遥相望。

其四 景帝刘启阳陵[1]

莫为君心论短长，舍得错对细掂量[2]。一朝祸起萧墙里，忙谢诸侯斩智囊[3]。

①汉阳陵：位于今陕西省咸阳市渭城区正阳镇，为西汉景帝刘启与孝景皇后王娡的合葬陵寝。

②汉景帝个性和汉文帝有很大差别。明代学者王世贞评价汉景帝：『景有三冤臣焉：大夫错、丞相亚夫、临江王荣。呜呼！文德远矣。』

③祸起萧墙：指『七国之乱』；智囊，指晁错。晁错是汉景帝倚重的大臣，官拜御史大夫。面对王国问题威胁中央，晁错建议『削藩』，以吴王刘濞为首的七国诸侯以『请诛晁错，以清君侧』为名，举兵反叛。景帝听从袁盎之计，腰斩晁错于东市。

其五　武帝刘彻茂陵①

汉皇名号震胡天②，建制修文任圣贤。多少轮台③风雨夜，千秋功过两相难④。

---

①汉茂陵：是汉武帝刘彻的陵寝，是汉代帝王陵墓中规模最大、修造时间最长、陪葬品最丰富的一座，陪葬墓有李夫人、卫青、霍去病、霍光、金日磾等人的墓葬。

②汉武帝对匈奴采取积极进攻的策略，任用卫青、霍去病北征匈奴，给予匈奴重创，并派遣张骞出使西域，打通丝绸之路。

③轮台：指《轮台诏》，是汉武帝刘彻晚年征和四年（公元前八十九年）所下的诏书。

④有观点认为，《轮台诏》可谓是『轮台罪己诏』，它意味着汉武帝刘彻对自己的扩张政策感到悔恨，标志着治国路线由『尚功』调整为『守文』，如田余庆的《论轮台诏》。但也有观点认为，《轮台诏》并非『罪己诏』，其所调整的仅是在西域的具体政策，是司马光等史学家夸大了该诏的意义，参见辛德勇的《制造汉武帝》。

其六　昭帝刘弗陵平陵①

一见君颜百媚柔，河间女子②带娇羞。若非惆怅拳夫人③，何必初逢带玉钩④。

①平陵：是汉昭帝刘弗陵和孝昭上官皇后的合葬陵墓，位于咸阳城西秦都区双照街道大王村。

②河间女子：指钩弋夫人，名字不详，河间郡人。汉武帝刘彻的婕妤，汉昭帝刘弗陵的生母。

③拳夫人：指钩弋夫人。史载钩弋夫人『好学沉静，姿色甚佳。』天生握拳，不能伸展。汉武帝经过河间，『望气者言，此有奇女』。于是，受到召见，并将其手展开，掌中握有一个玉钩。回宫之后，册封婕妤。

④汉武帝晚年欲立刘弗陵为太子，又担心外戚干政，故杀钩弋夫人，开『子贵母死』之先河。宋徐钧诗《钩弋夫人》：『名门尧母将传嗣，取鉴吕皇预杀身。燕翼贻谋宜有道，如何知义不知仁。』

其七　宣帝刘询杜陵①

曾认女囚作奶娘，掖幽也可上朝堂②。咸阳原上非君意，杜少陵前好梦长③。

①杜陵：位于陕西省西安市曲江乡三兆村，是西汉宣帝刘询的陵墓。

②刘询：原名刘病已，汉武帝曾孙，戾太子刘据之孙，出生数月，即遭逢巫蛊之祸，襁褓入狱，掖幽庭长大，竟继承大统，中兴汉室。

③宣帝杜陵位于西安市曲江，少陵是宣帝后许平君的陵墓，距离杜陵十公里左右，许皇后陵仍应属于杜陵茔域，因此史称其墓为『杜陵南园』，因为与宣帝杜陵相比，许皇后陵墓规模小，所以后者又称『小陵』，古代『少』『小』二字通假，所以许皇后陵俗称『少陵』。刘病已是个难得的专情皇帝，对在民间的结发妻子许平君一往情深，宣帝崩后并未葬在渭北平原上，而是选址长安，杜陵、少陵守望千年。唐王昌龄诗《行路难》：『一闻汉主思故剑，使妾长嗟万古魂。』，乃『故剑情深』典故之来源。

其八　元帝刘奭渭陵[①]

长入皇宫梦不成，何曾思过出边城[②]。如今犹见七妃[③]墓，还妒北关落雁[④]声。

①汉渭陵：位于陕西省咸阳市渭城区周陵镇新庄村，是西汉皇帝汉元帝刘奭的陵墓。昭君出塞不久，汉元帝就病入膏肓。竟宁元年，元帝去世，在位十六年，葬于渭陵。皇太子刘骜即皇帝位，是为成帝。

②王昭君：名嫱，湖北秭归人，以民间女子的身份被选入掖庭，成了一名宫女。根据民间传说，昭君入宫以后，由于不肯贿赂宫廷画师毛延寿，毛延寿将王昭君画得并不美丽，因此没有被选入汉元帝的后宫之中。南匈奴首领呼韩邪来长安朝觐天子，以尽藩臣之礼，并自请为婿，元帝遂将宫女昭君赐给了呼韩邪单于。

③渭陵陪葬墓排列有序，东西四行，每行七座，《咸阳县志》称为『七妃墓』。

④落雁：指王昭君。相传昭君出塞，骑马拨琴，奏离别之曲，南飞大雁闻之，忘记摆动翅膀，跌落地下。昭君青冢碑文有诗：『一身归朔漠，数代靖兵戎。若以功名论，几与卫霍同。』

其九　成帝刘骜延陵①

五舅封侯外戚狂②，燕啄皇子③几荒唐。谁个志高千里马④，此生醉卧赵家庄？

①汉延陵：位于咸阳渭城区周陵乡马家窑村，汉成帝刘骜墓。成帝即位的第三年初春，开始在长安城西北的渭城延陵亭部修陵，因此取名延陵。

②汉成帝曾一日之内，封五位舅舅为侯。《汉书·元后传》：『河平二年，上悉封舅谭为平阿侯，商成都侯，立红阳侯，根曲阳侯，逢时高平侯。五人同日封，故世谓之「五侯」。』

③成帝宠信赵飞燕、赵合德姐妹。成帝暴亡，司隶解光弹劾赵氏姐妹杀害许美人及女官曹宫之子。史载当时流传童谣：『燕飞来，啄皇孙。皇孙死，燕啄矢。』

④刘骜是汉宣帝刘病已的长孙，宣帝取名『骜』，为『千里马』之意，看出宣帝对其长孙的殷殷期望。

其十 哀帝刘欣义陵[1]

不爱后宫爱董贤[2]，君王断袖意缠绵。三公何日窈窕选，莫讲皇恩有赐田[3]。

①义陵：是西汉哀帝刘欣的陵墓，位于咸阳城北渭城区周陵乡南贺村。刘欣为汉定陶恭王刘康之子，因汉成帝无子，立为太子。二十岁即位，时值西汉末年，农民起义烽火燃至长安。刘欣在位六年病死，葬于义陵。

②董贤：哀帝刘欣宠臣，因长相和性格，被哀帝所宠，有『短袖之癖』之典。《汉书·佞幸传》记载：『常与上卧起。尝昼寝，偏藉上袖，上欲起，贤未觉，不欲动贤，乃断袖而起。』

③哀帝时，针对日益严重的土地兼并现象，有大臣提出『吏民田皆不过三十顷』的限田令。（《汉书·食货志》），但『诏书且须后，遂寝不行』，哀帝赐给宠臣董贤的田地超过两千顷。

其十一　平帝刘箕子康陵①

本当燕野坐侯台②，寂寞未央谁请来？可知萧瑟苦孤路，一去长安不复回。

①汉康陵：位于咸阳城北渭城区周陵乡大寨村。汉平帝刘衎墓。刘衎为汉中山孝王刘兴之子，九岁即位，在位五年。时大司马王莽辅政，嫁女为帝后，不久用药酒毒死平帝，结束了西汉王朝的统治，改国号为新。

②刘箕子，名衎，汉元帝孙，中山王刘兴子，哀帝堂弟，哀帝死后，专权的王莽不肯立年龄较长的弟兄，而是执意立年幼的刘箕子，以便弄权。由此，远在中山国(今河北地区)，被迎回风雨飘摇的长安，后被王莽毒死。

附：王莽

刘家亲戚①汉家臣，难辨谦恭真伪身②。帝业何须头镇殿③，苍生不问问尸魂④。

---

①王莽，外戚，太后王政君之侄。王氏家族是当时权倾朝野的外戚世家，王家先后有九人封侯。

②王莽改制。公元八年，王莽代汉建新，他试图缓和社会矛盾，推行了一系列的改革，史称『王莽改制』。但是，改革并没有挽救危机，反而激化了社会矛盾，各地起义不断。公元二十三年，义军攻入长安，王莽在乱军中被杀。

③王莽篡位，是皇权专制下典型的乱臣贼子，『自书传所载乱臣贼子无道之人，考其祸败，未有如莽之甚者也』（《汉书·王莽传》），历代君主收藏他的头颅，并用巫法镇住，一告诫朝臣宗亲谋逆者的罪恶下场。《晋书·张华列传》载：『武库火，华惧因此变作，列兵固守，然后救之，故累代之宝及汉高斩蛇剑、王莽头、孔子屐等尽焚焉』。王莽的头颅因此流传了二百七十二年之久。

④此处化用李商隐名句：『可怜夜半虚前席，不问苍生问鬼神。』

读《吕碧城[1]集》

自许中天瑄朗星[2]，锋芒耀眼自分明。骚男皆问嫦娥姐，谁懂人间吕碧城。

①吕碧城（一八八三至一九四三）：原名贤锡，字遁天，号碧城。中国近代女词人，中国近代女权运动的首倡者之一，中国女子教育的先驱，一生未嫁。

②瑄朗星：星名，代表智慧。元代伊世珍辑《嫏嬛记》卷下引《实庵纪闻》：『女星傍一小星，名始影。妇女于夏至夜候而祭之，得好颜色。始影南并肩一星，名瑄朗，男子于冬至夜候而祭之，得好智慧。』意思就是美女要在夏至晚拜始影星，可得美丽；才子们要在冬至拜瑄朗星，会更加才气胜人。

玉门关

夜读韩茂莉[1]《大地中国》，有获。

驼铃声里贾如川，疏勒河[2]前铁甲还。万里征途须饮马，雄关未必靠雄山[3]。

①韩茂莉：北京大学『博雅』教授，师从史念海先生，著名历史地理学家。

②疏勒河：甘肃省河西走廊内流水系的第二大河，古名籍端水、冥水等，在甘肃省西北部，河西走廊西段，干流经青海省天峻县、甘肃省肃北县、玉门市、瓜州县、敦煌市。

③余二十年前去玉门关、阳关，此二关区别于其他关隘，周围并无险山可守。今读历史地理，玉门关、阳关是占据水源之地，在水资源奇缺的西北大漠，才悟得关口靠水可不靠山的道理。

怀王坚①

西溪留下②且成欢，兄父恓惶出塞关③。若不坚心真似铁，宋亡何待向崖山。

---

①王坚：字永固，河南邓州人，南宋名将。曾为合州（今重庆市合川区）知府，帅军固守钓鱼城，抵抗蒙军。蒙军久攻不下，且蒙古大汗蒙哥被炮石击中而死。钓鱼城坚持抗蒙达三十六年，直至南宋崖山之战而亡。钓鱼城直接改变了中国历史，间接改变了世界历史的走向。

②西溪：地处浙江杭州。传说宋高宗南逃至此，有言『西溪且留下』，需要指出的是，此言在南宋历史中没有记载，最早出现在明代文献之中。

③靖康二年，金军攻破东京（今开封），俘虏了宋徽宗、宋钦宗父子等三千余人，押解北上。岳飞《满江红》句：『靖康耻，犹未雪，臣子恨，何时灭！』。

唐肃宗①

辛苦半生做储才，巴山不望望灵台②。洛阳国色还依旧，盛世江山不再来。

①唐肃宗：李亨，唐玄宗李隆基的第三子，唐代第八位皇帝。

②李亨四十五岁才坐上皇位，这还得益于安史之乱。马嵬坡兵变，唐玄宗被迫处死杨贵妃，一路向西南，入蜀避难，而李亨则一路向西北，在灵台即位，唐玄宗被迫做了太上皇。灵台，即灵武台，肃宗李亨即位之地。关于灵武台的具体位置，有两种说法：一说是今宁夏灵武市，持这个观点的占主流。一说是今甘肃环县灵武台，如明代文学家李梦阳，其诗《灵武台》：『环县城边灵武台，肃宗曾此辟蒿莱。二仪高下皇舆建，三极西南玉玺来。衣白山人经国计，朔方孤将出群才。可怜一代风云际，不劝君王驾鹤回。』

过昭陵二则

其一

凌烟阁①上列名牌，陪寝碑林不数来。犹叹盐车空瘦马②，明君自古惜良才。

①凌烟阁：是贞观年间唐太宗绘有功臣图像的高阁，由唐代画师阎立本图画开国功臣长孙无忌、杜如晦、尉迟敬德等二十四人于凌烟阁，以褚遂良题阁，皇帝作御赞，对功臣加以颂扬。

②盐车瘦马：原出『骥服盐车』，典自《战国策·楚第四》：『夫骥之齿至矣，服盐车而上太行。蹄申膝折，尾湛胕溃，漉汁洒地，白汗交流。』指才华遭到抑制，处境困厄。比喻人才使用不当，埋没人才。

其二

承乾①殿中夜已阑，夫君鏖战虎牢关②。

唤回六骏③九嵕里，石马好陪竹马眠④。

①承乾殿：秦王李世民住所。

②虎牢关：洛阳东大门。李世民虎牢关一战，打败窦建德、王世充，是其军事生涯的经典战役。

③昭陵六骏，是为纪念六匹随唐太宗李世民征战疆场的战马而刻制的。

④李世民和长孙皇后青梅竹马。长孙皇后十三岁嫁李世民，武德元年册封秦王妃。武德末年，竭力争取李渊及其后宫对李世民的支持，玄武门之变当天亲自勉慰诸将士。贞观十年崩，年仅三十六岁，谥号文德皇后，葬于昭陵。

叹炀帝

谁曾意气荡天涯，却恨广陵①弃物华。宫锦汤汤②淹行迹，雷塘③寂寂落栖鸦。

秦皇宫殿惹黎首，汉武轮台④鉴帝家。唯有长河两岸树，至今千里放新花。

---

①广陵：今扬州。

②汤汤：此处指声势浩大，原指水流很急的样子。出自《尚书·尧典》：『汤汤洪水方割，荡荡怀山襄陵，浩浩滔天。』

③雷塘：隋炀帝杨广墓所在地，在今江苏省扬州市。唐罗隐《炀帝陵》：『入郭登桥出郭船，红楼日日柳年年。君王忍把平陈业，只博雷塘数亩田。』

④晚年汉武帝颁布《轮台诏》，对自己连年征伐、国库亏空、民不堪负表达悔意。田余庆等学者认为此是汉武帝内外政策的转折点，但有学者如辛德勇先生提出了不同的意见，详细内容可参阅辛德勇所著《制造汉武帝》。

读韩茂莉《大地中国》

大家小书，这是一本历史地理学的通识书。历史地理学经历了由顾颉刚奠基，谭其骧、史念海、侯仁之创立及发展，这门经世致用之学呈根深叶茂之大势。

国运遭逢盗寇蚕，著书收拾旧河山。
学问求真归一统，文章经世汇合川。
开篇禹贡[①]筑基础，后续梓材[②]续美篇。
大家小本如陈醪，我自饮来味正酣。

①《禹贡》是中国最早、最重要的地理著作，是中国历史地理学的源头。一九三四年，顾颉刚创办《禹贡》半月刊，筹建『禹贡学会』，奠定了中国历史地理学的基础。

②梓材：《尚书》篇名，此处指现代历史地理学三杰谭其骧、史念海、侯仁之。

重阳读书

重九时分意不殊，丘山持菊万人趋。依云路①上见新雁，望雪斋中思旧居。

闭口不劳三寸舌，收心欲读五车书。西风为我勤翻页，门外秋声满玉壶。

①依云路：余住所社区之路名曰『依云路』，下句『望雪斋』，余书房是也。依云路，望雪斋，正好对仗工整。

南梁①行

风起南梁天未明，黯云初破远征行。并肩赴国②苍生事，携手抗倭赤子情。

先遣队开晋鲁豫③，运筹手主陕甘宁④。如今放眼神州处，锦绣山川耀太平。

①南梁，在甘肃省庆阳市华池县境内，国共对峙时期，刘志丹、谢子长、习仲勋等老一辈革命家创建了南梁革命根据地。

②并肩赴国：指西安事变和平解决，抗日民族统一战线初步确立。

③全面抗战爆发后，八路军深入敌后，开辟了晋察冀、晋冀鲁豫等抗日根据地。

④全民族抗战期间，陕甘宁是党和人民抗日的总后方。

夜读二则

其一

不为玉颜不为金，马班[1]别过又苏辛[2]。窗前迎进三更月，案上拈来万古心。

青史留名多俊好，红尘寄梦少梵音。流年欲渡浅清处，长驻孤灯夜半人。

①马班：指司马迁、班固，此处代指历史书籍。

②苏辛：指苏东坡、辛弃疾，此处代指文学书籍。

其二

匆匆光景又经年，桃李园中忙种田。爱入今生五味坊[①]，愿赊来世二分闲。

诗书做伴难成梦，茶酒为邻好入眠。风雨阴晴皆过往，此间心意已阑珊。

①余住旧居十余年，位于顶层，带小阁楼，辟为书房，命名为『五味书屋』。

读袁世凯二则

其一

九州风雨正苍黄，乱世纷争国运殇。小站①急心丰羽翼，项城②闲手弄朝纲。
逼宫方得共和业，复辟未成洪宪③皇。染病非因六君子，夺魂莫怪二陈汤④。

---

①小站：天津地名。甲午战后，袁世凯『小站练兵』，袁世凯以德国军制为蓝本，注重武器装备的近代化和标准化，强调实施新法训练的严格性，成为中国近代陆军的草创先河。『小站练兵』成为袁世凯政治发迹的最重要资本。

②袁世凯是河南项城人，故人称『袁项城』。袁世凯一度以退为进，操控清季政局。

③民国四年，袁世凯复辟帝制，欲改第二年为『洪宪』元年，后因举国反对，众叛亲离，被迫取消帝制。

④袁世凯死后，有人戏拟一挽联，『起病六君子，送命二陈汤』。『六君子』指的是以杨度为首的六人『筹安会』，拥袁称帝。『二陈汤』是指袁世凯的部将陈宧、陈树藩、汤芗铭，起兵反袁。『六君子汤』和『二陈汤』本是中药汤剂，此处用来讽袁称帝，十分巧妙。余认为，袁世凯称帝外部诱导是次因，传统帝制下内心的帝王欲望才是其复辟帝制的根本因素。

其二

自古枭雄迷远道，山贼容易心贼难①。青衫垂泪沦落女②，黎首③横眉④失足男。

定论是非无共处，盖棺功过有时贤。峰回不挡江河水，毕竟东流无复还。

①明代心学大师王阳明名句，『破山中贼易，破心中贼难』，此处意指袁世凯的称帝心魔。

②典出白居易《琵琶行》，『同是天涯沦落人，相逢何必曾相识』，『座中泣下谁最多，江州司马青衫湿』。

③黎首：百姓。

④鲁迅《自嘲》诗句：『横眉冷对千夫指，俯首甘为孺子牛。』

缅陈忠实

亲闻郭杜顶牛评①，亦幸驱车信马行②。一卷史诗③道世事，千秋浐水诉曾经。

凤凰树下凤凰栖，白鹿原前白鹿鸣。且话文坛争艳色，西腔秦韵唱雄风。

①上大学时，有幸听过陈忠实先生文学报告会，先生浓浓的关中口音，针砭文坛时弊，记忆犹新。

②几年前，余自驾去白鹿原，寻访陈忠实故里。

③《白鹿原》被当代文学界誉之为近代中国之『秘史』。

读方孝孺

百年宫阙已蹉跎，自古皇族福祸多。玄武城头残手足，金陵河上涌风波①。

本来朱姓家门事，何苦书生念执着。谁做大明皇帝梦，关尔宁海②老翁何？

①风波：指『靖难之役』。建文帝朱允炆削藩，其叔燕王朱棣起兵，攻占南京，并夺取帝位，改元永乐，建文帝不知所踪。

②方孝孺乃浙江宁海人，因激烈抨击朱棣篡位，据说被『诛十族』。

读桑兵①《旭日残阳》

扫尽六合定势坤，神州从此树天尊②。栖霞③云雨辨忠佞，玄武④弟兄堪纪伦。

铜锁深宫幽怨女，酒醺美梦好王孙。改朝换代民多舛，谁记成堆遍地魂。

①桑兵：现任浙江大学人文学院文科资深教授，中山大学近代中国研究中心主任、孙中山研究所所长。

②秦灭六国，嬴政自称『始皇帝』，开君主专制中央集权制度之先，确定皇位独尊、皇权至上。

③栖霞岭：在杭州市，岳飞墓所在地。宋赵肃远《岳王坟》诗句：『寒鸦不识当时事，犹恋栖霞噪晓霜。』

④玄武门之变：唐武德九年，秦王李世民发动政变，杀死太子李建成和齐王李元吉。

读陈寅恪

教授倾心教授言[1]，名门[2]公子佩时贤。静安碑上铭心志[3]，如是传中记梦寒[4]。
足膑伯灵[5]策战计，目枯左子[6]著精编。大师一去知天命[7]，且待人间三百年[8]。

①陈寅恪以博学闻名，受聘于清华国学院，授课时很多教授慕名而来听课，时人称『教授之教授』。
②陈寅恪出身名门，祖父乃晚清重臣陈宝箴，父亲乃清四末公子之一、大诗人陈三立，时人称『公子之公子』。
③静安碑：即王国维墓碑，其碑文由陈寅恪撰写，碑文中有『独立之精神、自由之思想』之名句。
④陈寅恪晚年盲目膑足，以口授方式完成《柳如是别传》。
⑤孙膑：字伯灵，战国时期军事家，著有《孙膑兵法》，孙膑为同学庞涓所害，受以膑刑。
⑥左丘明，修撰《左传》、《国语》，相传左丘明失明后编撰《国语》，司马迁《史记》载：『左丘失明，厥有国语。』
⑦陈寅恪于一九六九年去世，此诗写于二〇一九年，先生西去五十年，故为『知天命』。
⑧陈寅恪博学，时人称颂，傅斯年称赞：『陈先生的学问，近三百年来一人而已。』

至重庆（折腰体）

《彼土》①每临计蜀游，银龙呼啸到渝州②。挥戈汉甲惊山雀，勒马秦关羡树猴。

钓鱼城③下寻英迹，解放碑④前吊国酬。十二峰⑤头悬日月，时时东送大江流⑥。

---

①彼土：指《彼土帖》，又名《游目帖》，东晋王羲之书，信中表达了他对蜀地山山水水诸多奇景的向往之情。

②渝州：重庆别称。

③钓鱼城：在今重庆市合川区。南宋末年，守将王坚利用地形之利，顽强抵抗蒙古军队，守城三十六年，造就了中外战争史的奇迹。

④解放碑：抗战胜利纪功碑暨人民解放纪念碑，位于重庆市渝中区解放碑商业步行街中心地带，是抗战胜利的精神象征。

⑤十二峰：指渝鄂边境巫山十二座峰。

⑥唐杜甫《旅夜书怀》：『星垂平野阔，月涌大江流。』

游重庆

朝天门①外楫相随，楼阁参差影倒垂。
涛远万声波浩渺，崖高②千尺势崔嵬。
修林随处风云壮，古渡遍寻日月飞。
访到建川博物地③，山河旧梦已成堆。

①朝天门：位于重庆市渝中区渝中半岛的嘉陵江与长江交汇处。南宋偏安临安后，经常有钦差大臣自长江而上经该城门传来圣旨，故名朝天门。
②崖高：指洪崖洞。今为重庆著名网红打卡之地。
③重庆建川博物馆：全国首个洞穴抗战博物馆聚落，位于重庆市谢家湾付家沟片区，是一个由二十四个防空洞打造的八个博物馆组成的博物馆聚落。

钓鱼城访古

我自崖门①访钓城，嘉陵江上气犹清。恨无荒殿迎南日，愧有雄关退北兵。
黄帜满山浮海国②，丹心一片渡零丁③。合川④胡汉汇华夏，未弱孤臣万古名。

①崖门：在今江门新会，南宋末年，此地发生了著名的崖山海战，南宋政权彻底灭亡。
②崖山海战是宋元之间最后的决战，宋军全军覆灭。南宋灭国时，陆秀夫背着少帝赵昺投海自尽，许多忠臣追随其后，十万军民跳海殉国。
③宋文天祥《过零丁洋》名句：『人生自古谁无死，留取丹心照汗青。』
④合川：取意一语双关，一则表达钓鱼城所在地合川区，二则表达华夏文明交融。尾联又回答所谓『崖山之后无中国』之论调也。

咏夔门①

钥锁江流结万山，瞿塘两岸楫舟连。得封宣帝相思庵②，失印桓侯不语滩③。

二月春生闻杜宇④，九峰⑤雨过见哀猿。夔门自古兵家地，当数巴东第一关。

①夔门：指瞿塘关，地处重庆市奉节县，是古代自东入蜀的重要关隘。

②宣帝：指唐宣宗。相思庵，即重庆北碚缙云寺，唐宣宗李忱为其御笔题匾『相思寺』，因而得名。

③桓侯：张飞。不语滩：长江流经重庆黄草峡附近，因此处滩险浪恶，舟楫过此多有沉没之灾，凡路过的掌舵者皆不发一语，全神贯注应对水势，确保行船安全，故名。相传张飞驻兵不语滩，不小心丢失了军用印章，后被当地人拾得。

④杜宇：传说中的古蜀国国王，曾参加武王伐纣。传说杜宇后来退隐西山，死后化作杜鹃鸟。唐李商隐《无题》句：『庄生晓梦迷蝴蝶，望帝春生托杜鹃。』

⑤九峰：出自陆游《三峡歌》：『十二巫山见九峰，船头彩翠满秋空。』

到成都

锦城台阙望秦关，蚕路①迢迢柳似烟。入道唐皇②丢玉辇，出山蜀相③助金坛。

荣阶未必江湖广，破屋④无妨天地宽。江楼阅尽西川事，岭雪仍看万里船⑤。

---

①蚕路：传说蜀人的祖先是『蚕丛』和『鱼凫』。李白《蜀道难》句：『蚕丛及鱼凫，开国何茫然！』

②唐皇：指唐玄宗李隆基。安史之乱，玄宗西逃入蜀，其子肃宗李亨北上灵台即位。

③蜀相：诸葛亮。刘备三顾茅庐，诸葛亮献《隆中对》，辅佐刘备入主益州，三分天下。

④破屋：指杜甫草堂。杜甫诗《茅屋为秋风所破歌》句：『安得广厦千万间，大庇天下寒士俱欢颜，风雨不动安如山。』

⑤化用杜甫名句：『窗含西岭千秋雪，门泊东吴万里船。』

高铁经剑门关①

蜀地苍茫一望收，崔嵬剑阁②瞰秦州。风来险壑人神苦，雨过耸峰猿鸟愁。

足智武侯驱木马③，多谋文惠送金牛④。巴山夜雨君休问⑤，雁塔草堂可日游。

①剑门关：位于四川省广元市剑阁县。

②唐李白《蜀道难》句：「剑阁峥嵘而崔嵬，一夫当关，万夫莫开。」

③武侯：指诸葛亮，史载为解决粮草运输问题，诸葛亮发明「木牛流马」。

④文惠：指战国时秦惠文王，「文惠」倒装，与「武侯」对仗。史载秦惠文王用「金牛计」，灭了蜀国，秦川重要通道「金牛道」因而得名。

⑤唐李商隐《夜雨寄北》诗句：「君问归期未有期，巴山夜雨涨秋池。」

赞都江堰①

日出龙泉霞彩柔，岷江浩浩不曾休。量沙马②卧浪涛泛，分水鱼③吞船舸稠。

三楚④丰泽凭内外⑤，二王⑥功绩盖君侯。神州几处争天府，当作锦城第一流。

---

①都江堰：位于四川省成都市，坐落在成都平原西部的岷江上，是当今世界年代久远、唯一留存、以无坝引水为特征的宏大水利工程。

②量沙马：当年修造都江堰时，为了方便测量河道清淤的深度，李冰命人在河道底部沙土一定深度下埋藏有石马，一旦清淤时挖到石马，则证明清淤深度正好合适。后来人们用卧铁代替了石马。

③分水鱼：指分水鱼嘴，是都江堰的分水工程，因其形如鱼嘴而得名，把岷江分成内外二江。

④三楚：古地名，此处指成都平原及长江中下游地区。

⑤都江堰把岷江一分为二，西边叫外江，是正流，主要用于排洪；东边沿山脚的叫内江，是人工引水渠道，主要用于灌溉。

⑥二王：即李冰父子。因李冰父子修造都江堰，功泽后世，宋以后，李冰父子相继被敕封为王，都江堰旁，建有纪念李冰父子的二王庙。

过南桥①

蜀都望帝起宫檐，治水鳖灵②玉垒山③。西第笙歌醉后主④，南桥官柳咏先贤。

草堂⑤笔落千年雪，古堰分流万亩田。若不财钱引寇盗，何须湖广几填川⑥？

①南桥：位于都江堰宝瓶口下侧的岷江内江上。南桥经历多次重修，各种彩绘、雕梁画栋、民间彩塑、书画楹联融为一体，被誉为『水上画楼』。

②鳖灵：传说中的蜀国国王，治理岷江之水。有功，乃受禅得国，是为丛帝。

③玉垒山：都江堰宝瓶口所处之山。历史上岷江上游洪水泛滥就是由此冲向成都平原的，而首当其冲者就是杜宇的都城郫。因此学术界普遍认同杜宇派鳖灵治水之地为岷江上游的玉垒山。

④后主：蜀汉孝怀帝刘禅，乳名阿斗，刘备之子。蜀汉灭亡后，刘禅被封为安乐公，其与蜀汉大臣被迁往洛阳居住，有『乐不思蜀』之笑谈。

⑤草堂：指杜甫草堂。

⑥因为战乱，历史上有两次『湖广填四川』，一次是元末明初，一次是清朝初年。

赏川剧①

暑夜轻风拂面吹，锦城巷肆色葳蕤②。排排黛瓦檐灯烁，婉婉青衣③语泪垂。
脸变千张云电闪④，口喷百尺火龙飞。文殊坊⑤里车轮慢，弦绝曲终人忘归。

---

①川剧：中国传统地方剧种之一，主要流行于四川重庆、云贵等地区。
②葳蕤：形容枝叶繁密，草木茂盛的样子。此处表达成都古街的美丽景色。
③青衣：是中国戏曲中旦行的一种，扮演者一般是端庄、严肃、正派的人物，大多数是贤妻良母，或者是贞节烈女之类的人物。
④变脸：川剧绝活。
⑤文殊坊：成都市青羊区古建筑街道，内有『梨园会馆』，上演川剧表演。

谒三苏祠①

苏门学子几多何，词客声名凭业德。求索书山父比子，沉浮宦海弟捞哥②。

多才兼擅诗书画，大义通参儒道佛③。千古辞章经百炼，文魁数罢爱东坡。

①三苏祠：是北宋著名文学家苏洵、苏轼、苏辙的故居，位于四川省眉山市东坡区纱縠行南段，始建于北宋，是历代名人雅士、文人墨客拜谒、凭吊三苏的文化圣地。

②苏轼才高性直，在官场上几经沉浮，弟弟苏辙多次为哥哥说情，多次起到关键作用。

③苏轼在文章、诗词、书画等方面成绩卓著，在文人荟萃的北宋引领风骚；苏轼参通儒道佛，是三教合一的代表人物。

探三星堆

蚕丛开国①去悠悠，只此鸭河②日夜流。纵目③拨云吠蜀犬④，长身⑤摘月喘吴牛⑥。

红尘追影鱼龙混，青史探原神鬼愁。蜀地文明多异色，三星光耀满神州。

---

①唐李白诗《蜀道难》句：『蚕丛及鱼凫，开国何茫然！』蚕丛为古代神话传说中的蚕神，相传蚕丛是蜀国首位称王的人。鱼凫是古蜀国五代蜀王中继蚕丛、柏灌之后的第三个氏族，也是第一个在蜀地建立国家的部落。

②鸭河：即广汉市的母亲河鸭子河，在这里，村民和考古工作者发现了举世闻名的三星堆古文明遗址。

③纵目：三星堆遗址发现的纵目青铜大面具，面具的眼睛向外伸出，呈柱状。

④吠蜀犬：典出成语『蜀犬吠日』，说是成都平原上多雾，狗很少看到过太阳，当天晴太阳露脸时，引得犬吠。

⑤长身：三星堆遗址发现的青铜大立人。

⑥踹吴牛：典出成语『月喘吴牛』，原意是江淮一带水牛见月疑是日，因惧怕酷热而不断喘气。

游郑国渠①

苍翠九嵕②趾缝开，湾盘泾水自西来。疲秦终是利秦计，韩国难成郑国才③。

柳毅传书修石渡④，魏徵亮剑斩龙台⑤。问渠何处谈功过，堤上千年杨柳排。

①郑国渠：位于陕西省泾阳县泾河北岸，公元前二四六年由韩国水工郑国在秦国主持穿凿兴建，西引泾水东注洛水，长达三百余里，是中国古代关中地区最早建设的大型水利工程。

②九嵕山：位于陕西省礼泉县，唐太宗昭陵所在地。

③司马光《资治通鉴》有『疲秦之计』之记载：『韩欲疲秦人，使无东伐，乃使水工郑国为间于秦，凿泾水自仲山为渠，并北山，东注洛。中作而觉，秦人欲杀之。郑国曰：臣为韩延数年之命，然渠成，亦秦万世之利也。乃使卒为之。』

④《柳毅传书》：越剧经典剧目，剧情发生地在泾河之畔。修石渡，泾河渡口。

⑤『魏徵梦斩泾河龙王』：出自《西游记》之第十回，『二将军宫门镇鬼，唐太宗地府还魂』。

读诗随吟

莫道书生不自由①，心怀天地气方遒。千年丘壑胸中放，百感风花袖里留。

寂寞也曾参北斗，蹉跎几度望西楼。题诗应有凌云笔，李杜文章②最上头。

①陈寅恪《阅报戏作二绝》之一：『弦箭文章苦未休，极门奔走喘吴牛。自由共道文人笔，最是文人不自由。』以此诗嘲讽文人依附权贵，失去独立人格。

②韩愈《调张籍》：『李杜文章在，光焰万丈长。』

缅珠海『红色三杰』①

击水青春莫等闲，珠江浩浩展旌幡。峥嵘冲浪声名巨，慷慨登车②气节全。

万里红霞铺碧海，百年翠柏染青山。千秋烈士人须记，锦绣神州慰古贤。

①珠海『红色三杰』：指在中共早期革命活动中为革命事业献身的杨匏安、苏兆征、林伟民。

②杨匏安绝命诗《示难友》句：『慷慨登车去，相期一节全。残生无可恋，大敌正当前。』

读吴梅村①

故国湖山已废丘，圆圆曲②里寄清愁。徘徊江左千金赏，惆怅幽州万户侯③。

门外乱风吹白柳，梦中迷雾罩红楼④。读书受患还谁苦⑤，莫道诗家有幸头⑥。

---

①吴梅村：名伟业，号梅村，江苏太仓人，明末清初著名诗人。

②吴梅村《圆圆曲》，有名句：『恸哭六军俱缟素，冲冠一怒为红颜。』陈圆圆，原明末将军吴三桂之妾，相传李自成攻破北京后，手下刘宗敏掳走陈圆圆，吴三桂遂引清军入关。

③幽州：指北京。此联描写明清易代之际，江南文人的心态，吴梅村是这个群体的代表。

④此联上对，白门，乃南京别称，写吴梅村与南京的种种关联；下对，红楼，有观点认为，曹雪芹不是《红楼梦》的真正作者，曹只是增删《红楼梦》，其原作者是吴梅村。需要强调的是，这并非红学研究的主流观点。

⑤语出吴梅村《悲歌赠吴季子》句：『仓颉夜哭良有以，受患只从读书始。』

⑥语出清代赵翼名句：『国家不幸诗家幸，赋到沧桑句便工。』，赵翼诗句表示，巨大的国家与社会灾难，往往催生出卓绝的诗人。

读同乡先贤李梦阳[1]

梦阳何故笑东阳[2]，文必汉秦诗必唐[3]。宦海浮沉朝野地[4]，征程辗转北南疆。
领风当是才思敏[5]，问舍只缘脾性狂[6]。读罢乡贤如品醪，崆峒[7]老窖有真藏。

---

①李梦阳：出生于庆阳府（今甘肃省庆城县），明代中期文坛领袖。

②李东阳：湖南茶陵人，明代中期茶陵诗派的领军人物，文采诗风典雅工丽，有『馆阁』之风。但需要指出的是，李东阳文学也主张复古，从这点来讲，李东阳是李梦阳的文学引路人。

③李梦阳反对『馆阁』文风，主张复古，文溯秦汉，诗追隋唐。

④李梦阳性格耿直，嫉恶如仇，故官场几经浮沉，数次得牢狱之灾。

⑤《明史·李梦阳传》记，『梦阳才思雄鸷，卓然以复古自命』。

⑥李梦阳不畏权贵，曾因看不惯皇亲为非，竟然在京城道路上打掉了皇帝小舅子的两颗门牙，后弃官归老田园。

⑦李梦阳有《空同集》传世，此处用陇东名山『崆峒山』谐名意指。

读史

暑日炎炎，宅于家中读书。读完一本特别的书，回首一段特殊的、不能忘却的历史。

暑日捡翻故纸堆，兴亡世事岂成灰。明心但觉知风雨，缄口何曾忘是非。

自古青蝇①多下作，从来白壁却难为。韦编读罢无人诉，我向红尘哭一回。

①青蝇，与下句『白壁』对仗。白壁青蝇，是指白玉和苍蝇，比喻善恶忠佞。清吴梅村诗《悲歌赠吴季子》句：『词赋翩翩众莫比，白璧青蝇见排诋。』

鹧鸪天·韵海

夜读《人间词话》。静安先生[1]言简意长，让人回味无穷。词，余既爱苏东坡之豪放而洒脱，又爱纳兰容若之婉约而凄美。

韵海行舟千万重，推敲平仄问西东。浮云过眼终还散，世事留心亦是空。

苏子赋，纳兰风。词工处处有归宗。漫将此意付流水，都与寻常光景中。

①静安先生：王国维。

鹧鸪天·读《额尔古纳河右岸》

春到林间无数花，晨沾玉露暮闻鸦。狂歌满酒穿三界，牵鹿擎苍走四涯。
山绿绿，水哗哗。希楞柱里有人家。长河远去无穷尽，回首岸边卧落霞。

鹧鸪天二则

其一 叹徽宗

玉殿琼楼事事非，胡笳夜夜泪长催。太行山脚寒鸦栖，五国城头乱雪飞。

唇若毁，齿何依？澶渊莫计赚还赔。宣和海上燕云梦，悔向冰牢更问谁。

其二 叹钦宗

北狩牵羊羞帝容，可怜玉凤落梧桐。夜长寂寂三更鼓，榻冷萧萧四面风。

山万仞，水千重。京华回首梦痕中。淮南天地无容处，休念区区太乙宫。

第二辑

为师阅世

学米芾

其一

苕溪岸边蜀锦张，风樯阵马[①]任由缰。米颠[②]坐次排何处，公论宋书第一行。

其二

八面[③]忽传连角声，横戈盘槊[④]戍人征。将军提笔快驱马，飒飒英姿猎猎风。

①杜牧《李长吉歌诗序》：「风樯阵马，不足为其勇也；瓦棺篆鼎，不足为其古也。」苏轼《雪堂书评》中评价米芾书风：「风樯阵马，沉着痛快，当与钟、王并行，非但不愧而已。」

②文天祥《周苍崖入吾山作图诗赠之》：「三生石上结因缘，袍笏横斜学米颠。」

③八面：指八面出锋。米芾的《苕溪诗帖》、《蜀素帖》沉重痛快、八面出锋，极尽个性。

④陆游《忆山南二首·其一》：「貂裘宝马梁州日，盘槊横戈一世雄」。

陪高三备考学子晨读有感

书海茫茫淘浪沙，青春好梦载铅华。若非晴雨皆经过，谁解开怀含泪花①。

临《礼器碑》

难显庙堂细俊间，细察用笔有方圆。未能临池百千遍，羞向专家②晒病颜。

①清纳兰性德《摊破浣溪沙》：「几为愁多翻自笑，那逢欢极却含啼。」
②笔者参加了中书协杨道英老师指导的《礼器碑》学习班，老师要求每周提交一份临摹作业。

咏荷十首

学校有湖，名曰思源湖，赏湖中四季芙蓉，合成绝句十则。

其一　初荷

春催万紫千红来，满苑新芳次第开。
最爱柳长青杏小，一汪碧水孕莲苔。

其二　新荷

谁试新妆波影中，半舒香袖半腮红。
蛮腰摇曳随风舞，莞尔为君示笑容。

其三　晴雨荷

纤纤淑女入仙湖，涟涟罗裙任卷舒。
撑起晴空千顶伞，端成落雨一盘珠。

其四　雨后荷

雨过廊台草色新，风来湖畔驻行人。谁家女子婷婷立，珠满罗裙露满身。

其五　闻荷

婷婷倩影映青台，阵阵暗香入梦来。谁使芙蓉盟海誓，心心相印年年开。

其六　素荷

田田[1]漫舞小池塘，跃跃红鳟裙底藏。素面天香比艳色，原来至美不浓妆。

---

①汉乐府《江南》：『江南可采莲，莲叶何田田。鱼戏莲叶间。』

其七　梦荷

白藤山[1]下好梦追，桃李园中竞芳菲。堂前棉树如擎炬，湖畔柳丝似钓龟。

其八　残荷

谁念西风独自凉[2]，满塘瘦影历风霜。劝君莫笑芙蓉老，春雨来年送碧妆。

其九　冬荷

残叶珠凝带泪痕，枝枯风老任浮沉。繁华落尽休惆怅，藕向来年又放新。

其十　雨荷

寥廓霜天北雁迟，林蝉闭语万花辞。凭栏莫想伤心处，犹有残荷听雨诗。

①白藤山：位于珠海市金湾区与斗门区交界之处。

②借用清词人纳兰性德《浣溪沙》：『谁念西风独自凉，萧萧黄叶闭疏窗。』

临苏轼《人来得书帖》

读临苏轼《得书帖》。只要苏轼愿意，就能写出这样清妍的帖子。赵子昂技法虽高，但用情处不如东坡。

名帖寻来访诸贤，二王[1]气韵绝如山。清妍笔意书风久，不法子昂法子瞻[2]。

① 二王：指王羲之、王献之。

② 赵孟頫，字子昂；苏东坡，字子瞻。

临颜真卿《自书告身帖》

莫惜春花笑老农①，知来今世几多从。细观半纸告身帖②，只在千钧一笔中③。

①南唐后主李煜批评颜真卿书法之言。他说：『真卿得右军（指晋王羲之）之筋而失于粗鲁。颜书有楷法而无佳处，正如叉手并脚田舍汉。』

②《自书告身帖》，楷书墨迹，传为颜真卿自书。书法苍劲谨严，结衔小字亦一丝不苟。原迹现在日本。

③明代詹景凤称此书：『书法高古苍劲，一笔有千钧之力，而体合天成。其使转真如北人用马，南人用舟，虽一笔之内，时富三转。』

留洋生归来①

思源湖畔好风光，三载问学论汉唐。为问东西知何是，豪情一片向汪洋。

订制书签

心心常念大河山，碌碌忙耕半亩田。只把一年丁点事，且随流水上书签。

①壬寅年秋，九年前毕业的学生媛回母校看望笔者，媛是女生，勤学善思，喜历史、心理，刚从美国硕士毕业，打算赴北欧读博，媛告诉我，她对历史的兴趣和对此学科的孜孜追求，源于高中时期笔者对她的影响，心甚慰之。

赠世浩

常道相逢是偶然，与君结对有因缘①。杜郎赠我题名印，方寸之间有地天。

临《张猛龙》

最爱风流数二王，欲成法度溯隋唐。浅尝翰墨未消解，又舀强身健骨汤②。

①广州美术学院书法专业研究生毕业的杜世浩老师被安排随笔者跟岗学习，赠余印章。

②化用启功《论书绝句·三十》：『出墨无端又入杨，前摹松雪后香光。如今只爱张神冏，一剂强心健骨方。』张神冏，即张猛龙。启功先生认为，练习魏碑，能增强笔力。

搬书有感

当年负笈入南江，未惧空囊任序庠。最爱一湾渠里水，流光汩汩度悠长。

赏彩虹

晨，到校跟早读。雨过新晴，天空挂七彩，赏之心情大悦。须臾，彩虹不见，美好短暂，心中有憾。

谁舞天风绘彩桥，绫罗绢带挂纤腰。欲寻仙子归何处，唤得清云上碧霄①。

①碧霄：指天空。唐林杰《乞巧》：『七夕今宵看碧霄，牵牛织女渡河桥。』

意公子①

网上初识意公子，说东坡，蓝衣素面；纸上再读意公子，话艺术，风朗气清。

蝶入花心影自摇，轻舟一叶到前朝。偶逢大话意公子，半卷读来似故交。

①意公子：网络文化类女主播，「意外艺术」创始人，别称「潇涵」。意公子作为一个中国文化传播者，一直在做的是让艺术走近普通大众，致力于把中华五千年文化长河里那些打动我们的人与物带进当下人们的生活中。出版《大话中国艺术史》、《大话西方艺术史》，是热门艺术脱口秀《艺术很难吗》、文博类节目《国宝很有戏》的出品人和主讲人。

胜日郊游二则

其一

喜看邻里意纷纷，胜日出门气色匀。最是江南天气好，从来佳景待佳人①。

其二

竹外草房傍树花，池边嫩笋细抽芽。归来一路无余物，只把芬芳嗅到家。

①化用苏轼《次韵曹辅寄壑源试焙新茶》：『戏作小诗君勿笑，从来佳茗似佳人。』

救猫

校园有一黄猫爬上教学楼五楼，困在五楼教室空调格处，上不能上，下不能下，数日来饥寒交迫，叫声凄厉，学生们很是同情牵念，每日扔面包肉类下去。在学生们的帮助下，余成功用带杆捞渔网救出，师生皆欣欣然也。尊重生命，校园内更应如是。

楼上黄猫饥且寒，子衿①数日动心牵。读书应是启心智，皆在人人恻隐端②。

①《诗经·国风》：「青青子衿，悠悠我心」。「青衿，青领也。学子之所服。」后因称学子、生员为「子衿」。

②孟子「四端」。「端」，是萌芽、发端。《孟子》：「恻隐之心，仁之端也；羞恶之心，义之端也；辞让之心，礼之端也；是非之心，智之端也。」

羊蹄甲

阳春三月，校园内外，有花盛开，花树成林，蔚为可观，但不知其名，查阅资料，曰『羊蹄甲』。

羊蹄倒挂绿林中，远近观来细不同。记取清香花一瓣，为谁冷暖为谁红？

冬荷对咏

陇上雨人：

毕竟仙姿惹世尘，霜风寒露瘦伊人。铅华洗净无颜色，犹有铮铮铁骨身。

平涼韩子①：

共佛慷慨不远尘，儒雅风流作上人。绘素正是根本色，沉着铁笔写真身。

陇上雨人：

何处素心不染尘，绝出三界越凡人。若非明镜菩提树，应作世间苦劳身。

①平凉韩子：志宏兄，余同事，亦为陇东老乡。与余同年入职珠海，虽年长十岁余，但因老乡情谊，更因皆爱好读书写字，乃知己也。

平凉韩子：

乱花山下如落尘，清藻水上觅知音。诗酒谁人仰天笑，漫裁昆仑作冰心。

陇上雨人：

天有阴云地有尘，清风明月作梵音。掩书沽酒拈花笑，料想君心似我心①。

陇上雨人：

山远路遥衣落尘，锦函数册寄天真②。流年不与芳心付，自是天涯梦里人。

①化用宋李之仪《卜算子·我住长江头》词：『只愿君心似我心，定不负相思意。』此处表达同好、知己之意。

②志宏兄待余为读书习字之知己，数次赠书予余。

恒友骑行

身体有恙，医生嘱我，运动莫剧烈，须规律，于是有了『恒友骑行俱乐部』，有单车，更有兄弟。

暂离跑步远篮筐，旧业重操意满腔。莫问前程晴或雨，天涯漂泊有心香。

自省

客在江南岸里彷，推敲平仄费思量。且将岁月壶中煮，不与闲人论短长。

饮茶三则

其一

窃去庐山一抹香①，云泉沐浴与君尝。十年情分诚难却，愧有丑书羞挂堂。

其二

佳节闲来沏小盅，泥炉慢煮忘西东。一瓯汤色千般意，尽在温凉浓淡中。

其三

果茶千里缔姻缘②，洗净尘嚣好沐泉。举盏相邀三两友，人间有味是青柑③。

---

①庐山云雾：绿茶。余十年前因缘际会应朋友索字，书『应无所住，而生其心』。十年间每年春茶上市，朋友都寄来庐山云雾让我品尝，每每谢绝，十年间不曾中断，深感惶恐。

②小青柑：广东省江门市新会区的特产，人们用当地的青桔包裹云南普洱茶，做成具有鲜明地方特色的茶制品。

③化用苏轼句《浣溪沙》：『雪沫乳花浮午盏，蓼茸蒿笋试春盘。人间有味是清欢。』

次林灏同学寄语五班同学①

唱罢离歌君去远，我思君处雨花前。千帆阅尽②人依旧，他日归来仍少年③。

①二〇二三届高三五班毕业之际，班级同学感念师生之情分、相聚之缘分，写卡片寄祝福于为师，其中林灏同学赋诗一首：「两袖清风半生简，一身意气三尺坛。诗书做伴茶为友，来日相逢是盛年。」

②唐温庭筠词《望江南》：「过尽千帆皆不是，斜晖脉脉水悠悠，肠断白苹洲。」

③化用苏轼词《定风波·南海归赠王定国侍人寓娘》：「万里归来颜愈少。」

春困

下午有课，午觉睡得很不安稳，从宿舍去往教学楼的路上，见处处乏意。

午浅人心厌，惟留旧梦赊。风和花簇簇，日暖竹斜斜。

垂柳藏噤鸟，平湖浮睡鸭。春来无处去，还卖故侯瓜①。

①故侯瓜：东陵瓜，比喻恬静无争的生活，典出《史记·萧相国世家》，故侯召平『秦破，为布衣，贫，种瓜于长安城东，瓜美，故世俗谓之「东陵瓜」，从召平以为名也』。唐王维《老将行》：『路旁时卖故侯瓜，门前学种先生柳。』

观北京冬奥会开幕式

二月动春潮，重来聚鸟巢。鹰姿凌雪道，燕影掠冰刀。
抗疫齐协力，联谊共筑牢。百年华夏梦，双奥一肩挑。

距高考五十天寄学子

耳畔书楼朗朗声，田田荷叶水中成。如流笔墨自挥洒，似火青春任驰骋。
三载思源湖上梦，一生实验校园情。年年信有东君好，约定花期再祝程。

淇澳岛小聚二则

二〇〇五年，毕业于陕师大的十三位年轻人南下，来珠海任教。二〇二二年国庆，大家约好，携家带眷，在珠海淇澳岛寻得一处安静别墅，畅叙友情。

其一

淇澳林中觅静斋，碧筠[1]环绕古苍栽。前庭观海谈天地，别院听涛寄梦怀。
雁塔景颜勾亦画，曲江光色剪还裁。同心一片长安月，好乘清风海上来。

①筠：竹子。宋 范成大《浙东参政寄示会稽蓬莱阁诗轴》：『仙翁来佩玉符麟，绿发无霜照碧筠。』

其二

红林绿岛又重游，古巷长廊且小留。鹭鸟晴空出远岫[1]，斜阳晚照下渔舟。

南江莫惜炎风老，北客还盼暑气收。笑指东南心似水，斑斓一片向天流。

①远岫：远处的峰峦。明文徵明《病中怀吴中诸寺·天王寺寄南洲》：『忆看远岫开飞阁，曾吊荒宫上小丘。』

臧师①来访

谈笑古今天地宽，灯窗明灭久阑珊。一轮桂魄论唐宋，半盏清茗品苦甜。

即使人生阴晴雨，无妨世事海云天。泥炉慢煮长追忆，回首西都②雪满山。

①臧师：余大学业师臧振老师，臧老师上世纪六十年代毕业于北大，教授余中国古代史，退休后常居珠海，因地利之便，吾经常请教老师，甚感幸福。

②西都：西安。

回师大图书馆

原本身无半斗粮，单形孑影意彷徨。贤师引路寻迷径，良友组群探古藏。

饱腹山中奇异果，空囊海上教员郎[1]。飞鸿回首向来处，嫩色青藤已过墙。

① 二〇〇五年余大学毕业，签约到珠海高中任教，当时非常贫困，没有盘缠，常感念师兄苏元平君，借余五百元。

贺北斗导航收官

苍穹仰望满星天，利剑穿云腾紫烟。指路南针长载史，导航北斗已收官。

任尔围堵眼心小，我自行稳天地宽。莫怕至今窥牧马①，带刀华夏正朝前！

①出自唐代诗人西鄙人《哥舒歌》：『北斗七星高，哥舒夜带刀。至今窥牧马，不敢过临洮。』

自题

谁言岁月似猪刀，何奈肚皮五寸膘。荏苒长怀乡梦远，蹉跎已改少年骚。

难学处世九头鸟，偶作诗文三脚猫。且向杏林信步去，吟行一路任逍遥。

①上句『九头鸟』，比喻为人处世圆滑之人；下句对仗『三脚猫』，比喻技艺不精之人。

自嘲

误入红尘走一遭，半途已落[1]少时骚。白驹隙过千秋梦，苍狗忽来万里潮。

无事拈花思李杜，有人煮酒论刘曹[2]。修行未必山林寺，培土果园育杏桃。

①落：读『腊』音。

②典出《三国演义》『青梅煮酒论英雄』。

七一感怀

欲扶倾倒挽狂澜，湖上烟云水上船。猎猎红旗酬壮志，腾腾星火起燎原。

御敌方有运筹手，赶考还需任务肩。勇立潮头迎巨浪，初心不忘正朝前。

地摊经济

亦欲出门练地摊，愁将何物可催单。谋生难靠二维码，读史不名八角钱。

走鬼①早知天冷暖，瘟神晚送世饥寒。问天能否重排过，除却人间庚子年。

①走鬼：指流动摊贩。

悼凉山救火英雄

长忆天青石榴红①，忽闻浩难恸春容。凉山炽炽无凉意，恶火熊熊有恶风。
碧血丹心彰道义，舍生取义显精忠。人安岁好平常事，莫忘消防是首功。

①凉山州会理县盛产石榴，余数年前曾在此有短暂的支教经历。

人日①

开天盘古起三光，造世女娲开大荒。万物生灵皆有律，千年人事竟无常。

五行生克行八卦，道法自然化阴阳。若问世间谁做主，经流日月自存亡。

①人日：指大年初七，传说女娲创世，在该日创造了人。唐高适《人日寄杜二拾遗》诗：『人日题诗寄草堂，遥怜故人思故乡。』

春运

雁去衡阳知路遥，年关催得客如潮。思亲赤子归心切，乱市黄牛索价高。

暑往寒来千缕苦，东奔西走一生劳。出门不语千般好，唯愿家中洗客袍①。

①宋蒋捷词《一剪梅·舟过吴江》：『何日归家洗客袍？银字笙调，心字香烧。』

校园春色

花自开妍云自闲，山光水色抹新颜。招蜂引燕春风里，踏秀寻芳绿树间。

善美园中风似水，思源湖畔柳如烟。韶华莫待空流去，正值青春好少年。

为五楼男团班主任送考作

磨剑三年试比强，神州六月竞翱翔。风荷惬意浮祥霭，凤木[1]怡情映瑞光。

落笔泉流担道义，挥毫云涌著文章。题名雁塔[2]闻折桂，护法金刚[3]再举觞。

①凤木：凤凰木，花期为五月至七月，高中学生毕业之际，正是凤凰花开之时。

②雁塔题名：唐代科举考试中进士者，在慈恩寺雁塔壁留名，象征科考高升。唐白居易诗：『慈恩塔下题名处，十七人中最少年。』

③高三五楼班主任办公室，清一色男同事，乃学校唯一，故名曰『护法金刚』。

为二〇二三届毕业典礼作

桃李园中果满梢，思源湖畔暗香飘。生花笔下阳关道，织梦灯前独木桥。

漫漫人生修路远[1]，行行事业待封鳌。心间丘壑[2]眉间气，俯仰山河是俊豪。

①战国屈原《离骚》句：「路漫漫其修远兮，吾将上下而求索。」

②唐厉霆诗《大有诗堂》句：「胸中元自有丘壑，盏里何妨对圣贤。」

题自画像①

头生华发面生痕，午后坐看画里真。世事难将堪白眼②，恩情未必印丹心。

休谈吕望③千秋业，且寄庄周④百岁身。莫道蓬蒿⑤还我辈，多福自古太平人。

①二〇二三届毕业生郭咏熹学习美术专业，毕业之际，画为师自画像赠余。

②唐王维《过崔处士兴宗林亭》：『科头其踞长松下，白眼看他世上人。』

③吕望：姜子牙。南宋方岳《三禽言》句：『吕望非熊亦非龙，后车载归作三公。』

④典出庄周梦蝶，与上句『吕望』，出自《笠翁对韵》：『庄周谈幻蝶，吕望兆飞熊。』

⑤李白《南陵别儿童入京》句：『仰天大笑出门去，我辈岂是蓬蒿人。』

致打工者

修路筑楼走四涯，他乡辛苦度年华。妻儿夜夜入孤梦，塔吊茕茕映落霞。

已惯世间多冷暖，更堪客里少桑麻。草房三舍恶风雨，梁柱顶成可住家。

观自行车赛

万里征程万里沙，八方骑手穿金甲。风来漫卷五湖客，令下急呼万箭发。

驾雾吞云似悟空，乘风踩火赛哪吒。江山锦绣莫空负，且伴宝驹赏遍花。

贺王晓敏老师荣退

徽州自古竞风流，杏苑躬耕四十秋。能仗一拍名教体，可凭三尺羡王侯。

骋怀山海培苗起，放眼中西为世忧。卸甲迎来还二廿，身轻腿健任悠悠。

虞美人·寒潮值夜

春情又被西风减，红落知深浅。原来颜色好分明，花谢花开消受几多情。

长思梦里年华好，陌上青青草[1]。十年摆渡一扁舟，书海茫茫谁可数风流。

①近代诗人李叔同《喝火令》句：『陌上青青草，楼头艳艳花。』

虞美人·书院①感怀

深深巧苑萌新草，柳眼②开时早。双飞燕子趁东风，依旧呢喃细语画檐中。

氤氲天气人相伴，小径行声慢。如流岁月去悠悠，细数当年携手下南州。

①书院：此处指容闳书院，妻工作的学校。

②柳眼：早春初生的柳叶如人睡眼初展。唐元稹《生春》诗：『何处生春早，春生柳眼中。』

鹧鸪天·国家公祭日

十二月十三日，国家公祭日。铭记历史，勿忘国耻。

世事百年国运殇，神州万里遇豺狼。泱泱江水朔风劲，莽莽钟山秋草黄。

人勠力，步铿锵。青春我辈志昂扬。乾坤朗朗复兴梦，华夏今朝筋骨强。

江城子·教师节有感

从教十余年，如鱼饮水，冷暖自知。

曾将志气寄书楼。下南州，几春秋。扁舟飘荡，轻泊海滩头。
不记当年郭杜里，风萧瑟，气方遒。
茫茫青史傲王侯。笑筹谋，没沙丘。烟花易冷，何处可凝眸。
浊酒一杯邀月共，情莫违，醉才休。

第三辑

览物述怀

叹早茶[1]

四大天王[2]不足夸，雪堆尚可淌流沙。小楼半晌看云海，且就春风叹早茶[3]。

①老广把喝早茶说成『叹早茶』。『叹』，在粤语中的意思为享受。

②港式早茶四大天王指的是虾饺、干蒸烧麦、叉烧包和港式蛋挞，其中虾饺是港式早茶四大天王之首。

③陆游诗《临安春雨初霁》：『小楼一夜听春雨，深巷明朝卖杏花。』

五一烧烤

金沙滩里捡花螺，拦浪山①前踏碧波。最爱人间烟火气，神州处处有淄博②。

---

①金沙滩，拦浪山，位于珠海市金湾区三灶岛珠海机场附近。

②癸卯年『五一』小长假，山东淄博烧烤走红网络，全国游客蜂拥而至。

元宵骑行（折腰体）①

元宵节，晨起骑行，绕行金河公园，空气清新，景色宜人。行吟一绝，以寄怀。

乐闻百鸟唱新词，喜见三冬②雪化时。人心不必怨杨柳，又是春来花满枝③。

---

①折腰体绝句，所谓「中失粘」，即第二句和第三句的平仄原本是要相粘的，而故意作失粘处理。为体现故意失粘，第三句第四字应入韵。如王维的《送元二使安西》「渭城朝雨浥轻尘，客舍青青柳色新。劝君更尽一杯酒，西出阳关无故人」，其二三句失粘，三句第四字「尽」入韵。

②三冬：指三年疫情。

③王之涣《凉州词》：「羌笛何须怨杨柳，春风不度玉门关。」

春日偶得

草长莺飞春满天，风轻云淡柳如烟。拈来萱草拧成笑，佛系原来有少年。

咏小蛮腰

癸卯春节，夜游珠江，花城广州流光溢彩，色彩斑斓。广州塔，民间称之『小蛮腰』，乃亭亭美女，面朝珠江，恰如美人照镜。泛舟而下，口占寄怀：

癸卯春来色竞芳，花城盛景更添香。珠江点亮伊人笑，对镜蛮腰好弄妆。

平沙赏葵二则

见朋友圈中晒葵花美景，心心念之。驱车至平沙看向日葵，葵花几乎落尽，顿无限惆怅，无奈记之。

其一　心之葵

连天碧浪润平沙，十里东风过几家。台创园[1]中颜色好，痴心一片向阳花。

其二　眼之葵

艳阳携子踏春新，草木林前闻叹音。落尽繁华天地老，颜容不待后来人。

①台创园：位于珠海市平沙镇的中国台湾农民创业园。

看雾对吟

晨起，出门上班路，大雾笼海城。行作一绝，引得微信圈中长安杜宇兄酬和。

陇上雨人：

推门恍梦入天庭，水榭楼台仙气盈。混沌人间如幻影，眼前何必太分明。

长安杜宇：

飞絮游丝深院庭，青烟翠雾罩轻盈。毒泷纵能起幻影，苹风回处自分明。

陇上雨人：

红尘万里似沙轻，青史千年如镜明。南北烟霞浑是梦，长安依旧故人行。

晚照

铺水残阳[1]向晚生，波平山远小舟横。风来海上人徐起，不见河秋压雁声[2]。

夜骑

满面秋风信马行[3]，夜桥灯火[4]映溪明。轻歌一路江湖远，唯有心中天地宁。

---

①唐白居易《暮江吟》，「一道残阳铺水中，半江瑟瑟半江红」。
②唐李商隐《咏云》，「潭暮随龙起，河秋压雁声」。
③唐白居易《城东闲吟》，「独寻秋景城东去，白鹿原头信马行」。
④唐李绅《宿扬州》，「夜桥灯火连星汉，水郭帆樯近斗牛。」

秋景

花满菁园叶满溪，青山碧树护云衣①。平湖风起芙蓉老，枝上秋蝉声渐稀。

春寒

『乍暖还寒，最难将息②』。校园看花，句成，自感甚为满意，表纠结之情矣。

二月天南最不乖③，春衣适暖又寒来。新花也恼东风恶，墙角踌躇开未开。

①宋姜夔诗《除夜自石湖归苕溪》：『笠泽茫茫雁影微，玉峰重叠护云衣。』

②宋李清照《声声慢》词：『寻寻觅觅，冷冷清清，凄凄惨惨戚戚。乍暖还寒时候，最难将息。』宋刘清夫《玉楼春》词：『柳梢绿小眉如印。乍暖还寒犹未定。』

③不乖：家乡语意为『不听话』。句成发圈，老家朋友评论，此诗应用『环县话』读出才美气，然也。

秋夜骑行得句（孤雁格）①

水岸凉风渡夜亭，平湖鹭影落沙汀。世间最是谁堪恨？断续秋蝉断续风②。

①所谓孤雁格，是近体诗范畴的概念，也称借韵。孤雁格有两种情况：一是首句借韵作为押韵的韵脚，二是尾句借韵作为押韵的韵脚。首句借邻韵入诗的称孤雁出群格，尾句借邻韵的称孤雁入群格。

②五代李煜词《捣练子令·深院静》：『深院静，小庭空，断续寒砧断续风。』

咏宝钓湖农庄

亲朋胜日聚平沙，风物如临道蕴家①。仙女无由失宝镜，微云淡抹②亦开匣。

木棉

日暖春深花欲燃，高台万炬入云天。落红不是英雄泪，飞絮成衣傲风寒。

---

①谢道蕴：东晋女诗人，是安西将军谢奕之女，东晋政治家谢安的侄女，王凝之的妻子，王羲之的儿媳。宋代董嗣杲《记仙女三绝》：『柳条金嫩不胜鸦，青粉墙边道蕴家。燕子不来春寂寞，小窗和雨梦梨花。』

②宋苏轼《饮湖上初晴后雨》：『欲把西湖比西子，淡妆浓抹总相宜。』

夜饮

缥缈人生梦亦真，欲将万事付游心。席前莫笑杯中浅，酒后大言是故人。

春日品茶

不问红尘只问茶，泥炉煮水意无涯。东君[①]唤我知何事，几缕春情寄到家。

①东君：民间信仰的司春之神。唐王初《立春后作》诗：『东君珂佩响珊珊，青驭多时下九关。方信玉霄千万里，春风犹未到人间。』

七夕二则

七夕。今夜阴雨淅淅沥沥，妻儿仍在老家。一个人过节，要一碗油泼面，外加肉夹馍，算是过节，小坐，酌句。

其一

银汉迢迢鹊鸟忙，今宵织女见牛郎。
几行天上相思泪，洒落人间玉露凉。

其二

人间羡我是神仙，天上恋情犹可怜。
说到伤心愁绝处，问君河汉可行船？

约骑

夜骑队伍约骑三灶环岛，一路畅快淋漓、欢声笑语，途中稍息，有作。

管他热冷与阴晴，一路欢歌一路行。好景还须人有意，莫凭快慢论输赢。

咏风铃木二则

其一

漫裁玉女一身黄，摇曳娉婷淑气扬。十里东风知我意，殷勤吹梦意绵长①。

其二

征铃满挂向天敲，身伟姿英凌碧霄。莫道风铃无大志，春来先敢试黄袍。

①南北朝佚名作《西洲曲》：『南风知我意，吹梦到西洲。』

春景二则

其一

恰是南州二月天，白藤山下景如仙。鱼蛙池底起歌舞，雀鸟林梢语细喃。

其二

红日彤彤润草鲜，青皋①隐隐笼轻烟。马良②纵笔描三界③，难绘南州二月天。

①青皋：泛指郊野。宋梅尧臣《野田行》：『青皋暗藏雉，万木欣已春。』

②马良：童话故事《神笔马良》中的主人公，故事创作于上世纪五十年代。

③三界：佛教中指一切有情动物生死往来的世界，即欲界、色界、无色界。此处泛指世间。

上元①

上元时节意融融，火树银花②妆夜空。怕是嫦娥迷夜路，吴刚天上点灯笼。

凤凰木

群芳绽尽觅无踪，神鸟丹顶雄立中。莫道春来匆去也，四时美色与人同。

①上元：即元宵节。
②唐苏味道《正月十五夜》诗：『火树银花合，星桥铁锁开。』

桃花

午休起，遇桃花。今日阳历乃二月十四，农历正月十五，东西方情人节在同一天。

新蒲①路上遇娇娘，粉面朱唇淡淡妆。料是今年春又度，轻羞一笑待刘郎②。

①新蒲：新生的蒲草。东晋谢灵运《于南山往北山经湖中瞻眺》：『初篁苞绿箨，新蒲含紫茸。』

②刘郎：典出东汉刘晨入仙台山采药遇仙女的故事。因为山上有桃树，人们便把刘郎和桃花联系到了一起。且唐刘禹锡有诗：『玄都观里桃千树，尽是刘郎去后栽。』，『种桃道士归何处，前度刘郎今又来。』

周末郊游

人生好似雁随阳[1]，冷暖酸甜早自尝。最爱日长懒睡起，红花慢捡入诗囊。

山海秋

舟横浩渺波光净，鹭起苍茫天水连。客在江南何一笑[2]，十年梦里望青山。

①《尚书·禹贡》：「彭蠡既潴，阳鸟攸居。」唐李治《送阎伯均往江州》诗：「唯有衡阳雁，年年来去飞。」

②宋代黄庭坚的《雨中登岳阳楼望君山》：「投荒万死鬓毛斑，生入瞿塘滟滪关。未到江南先一笑，岳阳楼上对君山。」

登山有奖

放眼横波接水天，白藤乱石起云烟。登山不只洗心肺，信步也来买菜钱①。

雨荷

十里烟云暗几家，一池碧水半池花。江南天气阴晴雨，好似院中嬉闹娃。

①单位工会组织周末登山，根据水印相机照片和微信步数领取一点慰劳费。

观宁陕县十八丈瀑布①

其一

阶轻林茂伴溪行，携幼呼朋憩短亭。
心若涓涓流水净，身如荡荡紫云轻。

其二

青山碧树水云间，壁仞高崖一线天。
何处引来龙潭动，游人齐吟李谪仙。

①宁陕县：位于陕西省南部安康市，县城居秦岭山麓之中，十八丈瀑布在县城以北二十余里。

久雨初晴

红日彤彤满地光，青皋[①]缈缈入云乡。东风借我一支笔，绘就江山书就章。

晨练观日

平明新日海云开，赫赫[②]霞光照水来。风满汀州帆影缈，人追晨鸟上楼台。

①青皋：泛指郊野。宋梅尧臣《野田行》：「青皋暗藏雉，万木欣已春。」

②宋陆游《夏日》：「赫赫炎威日正中，冰纨笛簟欲无功。」

急雨

陌上溪流如带飞，阶前雨落似帘垂。欲寻蓑草披身起，红日云间斜映晖。

中心河春景二则

其一

渺渺烟波入画屏，翩翩白鹭落边汀①。人间四月好风物②，一曲春蝉枝上鸣。

其二

四月南州春已阑，山含翠色水含烟。诗书半卷无聊甚，头枕东风好入眠。

---

①边汀：水岸边。宋叶茵《南塘偶成》：『静向南塘验物情，东风又绿柳边汀。』

②风物：风光景物之意。宋张昇《离亭燕》：『一带江山如画，风物向秋潇洒。』

参观罗西尼钟表博物馆

钟表嘀嗒岁月藏，功名尘土没①侯王。人间尚可等量处，且有光阴寸寸长。

上元日

乱雨初停天未晴，浮云漠漠草青青。上元本是好夜色，拨得云开见月明。

①没：读作『默』音。

春雷

未到蛰时①万物晖，江南春早有雷催。一帘幽梦随风去，几点蕉声入户扉。

破五

破五填坑②咥搅团，躬身迎进赵财仙。财仙不入懒人户，天道酬勤做本钱。

①蛰时：惊蛰，是二十四节气中的第三个节气。

②破五：正月初五。按陇东老家习俗，正月初五吃搅团，填穷坑，迎接财神，民间财神传说为『赵公明』。

本命

斗转星移日月天，金猪相岁自超然。何须赤色[1]来相护，胸有昭昭本命年。

腊八

腊日参香五味合[2]，燕山竖子竟登科[3]。沙门[4]粥碗来相馈，不二[5]众生皆可佛。

①本命红：在中国传统民俗中，都有在本命年挂红避邪躲灾的传统。人们将红色视为喜庆、成功、忠勇和正义的象征，尤其认为红色有驱邪护身的作用。

②腊八节喝粥，所以『腊八节』也称之为『五味节』。

③典出『五子登科』，《三字经》句：『窦燕山，有义方，教五子，名俱扬』。

④沙门：此处指佛教修行。

⑤不二：佛教用语。《佛学大辞典》：『一实之理，如如平等，而无彼此之别，谓之不二』。

小寒（回文）①

雾锁山头山锁雾，天连水尾水连天。小寒风冷风寒小，年往不经不往年。

虎尾兰

幽谷寻兰石壁中，空山遇虎作武松。百无一用书生气，漫卷考题日日功。

①回文诗：顾名思义，是能够回还往复，正读倒读皆成章句的诗篇。如宋苏东坡《菩萨蛮·回文夏闺怨》：『柳庭风静人眠昼，昼眠人静风庭柳。香汗薄衫凉，凉衫薄汗香。手红冰碗藕，藕碗冰红手。郎笑藕丝长，长丝藕笑郎。』

夜宿金沙滩

红日新出云雾消，笑轻人世细如毛。平生有志寄山水，夜卧帐中闻浪涛。

白藤小酌

朝雨轻阴云乍开，藤湖微卷傍风来。多情莲子无情藕①，伴我同仁尽兴怀。

惜梅西

四载回眸一梦空，神杯遥对落花风。雄鹰断翅葡萄落，折桂谁居玉蟾宫。

①无情藕：珠海白藤湖特产，因特殊生长环境，其藕断则丝也不连，故名『无情藕』，味美。

长洲岛

癸卯春节，携家人游广州，计划去黄埔军校旧址参观，但因时间没赶上，只好夜宿长洲岛，翌日参观。岛在珠江之心，较为荒凉，住在长洲岛上一家民宿，民宿地势较高，长洲风景，即可览之。

夜宿长洲岛①，景清不可游。江中翡翠定，岱顶白云悠。
社稷冰心②念，河山泪眼收。人杰争练武，报国何其稠。

①长洲岛：位于广州东缘，是黄浦地区珠江上的一个江心岛，因形状狭长，故名长洲岛。黄埔军校旧址就在长洲岛之上。

②冰心：以冰雪的晶莹比喻心志的忠贞，品格的高尚。王昌龄诗《芙蓉楼送辛渐》：『洛阳亲友如相问，一片冰心在玉壶。』此处指爱国之情。

过荆州

暑假自驾回家，途宿荆州，携家人游古城，品三国。

荆州暑气扬，渺水枕残阳。南北旅人聚，中原战鼓狂。

宏图诸葛亮，大意关云长①。教女读三国，道途解细详。

①关羽：字云长。刘备入蜀后，关羽驻守荆州。关羽出兵攻打曹操，孙权乘虚而袭荆州，导致荆州失陷。《三国演义》中有『大意失荆州，骄傲失街亭』之情节，前者说关羽，后者说马谡。

秋思二则

其一

飒飒秋风起，寒云万里浮。江天悬桂魄①，牖户荡流苏。
灯下研诗赋，窗前展画图。陇原闻欲雪，可饮一杯无②？

其二

红桥傍绿树，向晚照青苔。溽暑消无影，爽风拂面来。
鸟鱼凭野旷，山海任胸怀。南国秋时好，人心景自裁。

①桂魄：古代传说月中有桂，故为月的别称。唐代王维《秋夜曲》：『桂魄初生秋露微，轻罗已薄未更衣。』
②化用唐代白居易的《问刘十九》：『晚来天欲雪，能饮一杯无？』

元日

大年初一。除夕微醺，醒后见新日暖暖，微信中亲友祝福句句。卧作一律以寄，给朋友们拜年了。

万里神州紫瑞曛，窗前燕雀早耕耘。今晨火树迎朝气，昨夜银花辞暮云。天上千光[①]才破冥，人间万木又逢春。酒醒亲朋来好句，我以新诗同祝君。

① 宋代范成大《吴灯两品最高》：『镂冰影里百千光，剪彩球中一万窗。』

寒潮

萧瑟风吹花半残，寒云贴雁过重山。岭南千里射长箭，塞北万顷铺厚棉。

木叶枯荣随季序，世间冷暖本回环。添衣养正依时律，亨利贞元循自然。

此小诗随手写就，发在朋友圈，『珠海阿波罗』转发，有网友看到后，为此小诗做了详细的注解并翻译为白话文，波罗兄转发余，余感念之，特录于此。

附：根存先生诗歌正解——『寒云贴雁』来自李耳川的清平乐，『寒云贴雁，江树参差见』；『千里射箭』来自唐代杨炯的《西陵峡》『绝壁耸万仞，长波射千里』，意思是霞波万里；『亨利贞元』来自《易经》，意思是自然界的循环发生，亨：成长；利：成熟；贞：消亡；元：开始。

全诗的意思是：秋风萧瑟，花被摧折掉了，景色萧疏；寒云低沉，大雁贴着低云飞过座座重山；岭南霞波万里，光芒四射，塞北却白雪皑皑，像被棉花铺着一样。随着季节的变化，树叶荣枯变化着，世间的冷暖本来就是来回循环的，要按时添衣护暖，滋养正气，要遵循自然界的循环规律。

傍晚骑行中心河公园

岭南夏色退迟迟[1]，拂面风来如细丝。临水鱼头出浅浪，归巢鹊尾入斜枝。
宁寻草木三分韵，不读春秋五句诗。最爱金河晚照处，相携稚子问还知。

秋光

秋光着意媚金湾，叠树山前吐翠烟。浅浪鳞鳞天海里，轻鸥点点有无间。
边汀欲捡三生老[2]，野店初尝五味鲜[3]。最是浮生真好处，从来冗事不相关。

①宋寇准《夏日》诗句：『离心杳杳思迟迟，深院无人柳自垂。』
②三生老：三生石。『三生』源于佛教的因果轮回学说，后成为中国历史上意涵情定终身的象征物。三生石的三生分别代表前生、今生、来生。
③余住所在珠江西江出海口处，此处咸淡水交接，是盛产海鲜之地，附近白藤湖是远近闻名的海产品批发市场。

秋日闲赋

久居岭外不知秋，长共水天翠色收。
青皋缈缈怜草树，史海茫茫傲王侯。
霞光凭日任漂洒，云朵随风自在游。
问道终山犹有意①，闲看汀上落沙鸥。

①典出晋陶渊明《饮酒·其五》：『问君何能尔？心远地自偏。采菊东篱下，悠然见南山。』

回南天①

近日南州天气殊，风来海上雨烟浮。园中绿草含清露，室内白墙挂玉珠。

已厌黏黏湿履袖，更嫌漉漉沁肌肤。久居此处防霉变，紧闭户牖读润书。

记壬寅小年

春来嘉树②半青黄，户户门前喜大张。勤奋牛耕丰五谷，精神虎啸震三江③。

烹羊煮豆迎福禄，沽酒烧钱送灶忙。若是玉皇来问事，人间疠疫报天堂。

---

①广东靠海之地，三四月份，气温回升，空气中水气含量很大，天气十分潮湿，故称之为『回南天』。

②嘉树：此处指年橘，《楚辞·橘颂》『后皇嘉树，橘来服兮』。

③牛年末，虎年开始。『勤奋牛』、『精神虎』对仗，此二联表达辞旧迎新之意。

壬寅除夕守岁

岁月车轮滚向前，今年守岁又难眠。千秋风雨灯前字，万里江湖雪后山。
旧糖坡高难种地，新犁墒饱好耕田。青春牛尾①须抓紧，不做手滑油腻男。

观航空新城喷泉

又到星湖览胜颜，坐看仙女散珠盘。数条彩练腾千里，一柱长龙跃九天。
昔日泥塘不足道，今朝美景可扬传。新城绘就宏图展，山海风光放眼宽。

①牛年岁尾，余亦近不惑之年，此句取一语双关之意。

中秋

欲随波影上西楼，隐隐娇容淡淡羞。玉液满斟千里路，金樽空挂两肩秋。
姮娥[1]有泪长舒袖，银汉[2]无声空自流。山海无涯人易老，归程难测正搔头。

秋思

骚人自古悲秋忙，独爱西风送小凉。湖柳枝头蝉未闹，池荷裙下叶初黄。
千年愁赋千年梦，万里家山万里长。雨过思源湖似镜，镜湖月伴读书郎。

①姮娥：指月亮。
②银汉：即银河。宋秦观词《鹊桥仙》：『银汉迢迢暗度。金风玉露一相逢，便胜却人间无数。』

立夏二则

其一

草树阴浓叶影斜，薄衫短袖沏青茶。湖山隐隐中天日，槐柳沉沉遍地蛙。
脑后曾经五味饮，眼前依旧四时花。春风莫叹归何处，抚过神州尽玉华。

其二

夏木成阴昼渐长，炎炎暑气扫春光。风传林下蝉鸣乱，水澄池中蛙鼓忙。
朝去吐丝燃蜡炬，晚来泼墨煮茶汤。浮生半日流年许，雏燕飞飞望雪堂[①]。

①望雪堂：笔者斋号。

本命有寄

腊半鸿归岁已阑，楚风吹面不成寒。
冷暖此生况有味，游息本命自萧然。
飘蓬南地缘先定，回望中原杯莫闲。
水中鸥鸟堂前燕，不问苍生不问禅。

腊八

才过新年又旧年，腊八五味入佛天。
十载扁舟还作客，三更梦醒常纠缠。
满原飞絮山白首，半亩方田人未闲。
欲寻佳句寄思量，提笔凝窗已忘言。

港珠澳大桥正式开通

蛟龙出水锁长空，筑梦成真九春冬。枕浪伏波连三地，穿山入海赛天工。
凝情聚力怜七子，傲世称雄慰文公。生有此生勘大任，匠心有幸铸华钟。

秋日随吟二则

其一

依约华胥已阑干，睡起才觉薄衾单。浅吟新词思梦笑，满斟陈酒对秋山。
枯荣草木随天意，来去燕莺任自然。谁解千年琵琶语，邻家阿妹正拨弦。

其二

丹桂时分不见秋，葱茏绿树满南州。舟横滨水波连渚，家坐西山雪盖头。
疏朗清风润万物，煦和暖日消千愁。呼来一列汀沙鹤，与我齐飞共唱酬。

游台山

万亩台城[①]稻谷黄，九天桥上好风光。飘飘落木洒秋地，冉冉西风拂面凉。
结缆云峰山路短，烁朱石底水温长。古兜陆海两泉汇[②]，此处归来不沐汤。

①台城：江门台山市。
②台山古兜温泉地处沿海，温泉里既有淡水泉，也有海水泉。

秋景

白鸥点点觅虾忙，雨过千畦闻稻香。
无边碧水接天际，有信凉风过画堂。
楼上燕莺轻耳语，苑中杨柳淡梳妆。
谁道岭南秋色少，菊黄蟹美胜春光。

金沙火宴

拦浪山红霞欲飞，金沙水暖縠纹追。
挽臂踏歌能纵酒，围炉闲侃可咥[1]炊。
劲歌辣舞朝天响，烈焰金光向宇挥。
人生此夜应长有，帐饮听涛已忘归。

①咥：陕甘方言，吃。

不惑生日有作

来日不如去日多，流年弹指几蹉跎。北坡气傲盈丘壑，南海心平惯浪波。

荣辱早知休问道，得失已解莫参佛。风前雨后还坚劲，自在从容一路歌。

映秀追怀

十年映秀梦魂牵，锦里驱车岷水源。愁向青山说噩梦，忍看翠柏默残垣。

九州同感知温暖，四海齐心换地天。洗尽浮华留底色，人间最好是平安。

---

①凌波：古代中国神话传说人物，又名凌波仙子，以水仙花的化身而闻名。

②此联描写凌波仙子和民间龙哥的爱情故事。

听《山歌寥哉》三则

其一　罗刹海市

天山脚下带刀郎，风雨江湖恩怨长。一曲胡笳连朔漠，十年利刃指魍魉。
雪飘四海声名巨，结客五陵语势狂。又鸟多如还马户，柳泉故事不荒唐。

其二　花妖

莫忘奴家腰上黄，奈何桥底几商量。钱塘潮水泉亭雨，千岛流云西子妆。
彼岸花开开彼岸，愁肠月冷冷愁肠。三生石下埋心事，莫欠孟婆一碗汤。

其三　翩翩

纸上心情写不成，秋风为我绘丹青。茫茫沧海黄云淡，隐隐青山阴雨濛。
凄切晚蝉天地恨，炎凉中岁短长亭。翩翩已去红颜老，蓝采绮纨化酒瓶。

浣溪沙·秋思

秋到天南送小寒，湖山木叶染微丹。
临窗午后枕书眠。
屈指流年浑梦远，折腰斗米少安闲。
潇潇细雨洒江干①。

①宋柳永词《八声甘州》：『对潇潇暮雨洒江天，一番洗清秋。』

浣溪沙·河畔有思

万里归程万里沙[1]，黄河九曲过谁家。
年来魂梦在天涯。
一去江南长作客，青春换作染霜华。
平川雨露见桑麻[2]。

①清纳兰性德《浣溪沙》：『万里阴山万里沙，谁将绿鬓斗霜华。』
②化用南宋朱熹诗《九曲棹歌》：『九曲将穷眼豁然，桑麻雨露见平川。』

浣溪沙·无题

零落红花满地流，一江雾雨又登楼。
恼人天气在南州。

万里江河曾欲渡，三年有计早休休。
文章何处写清愁。

浣溪沙·春归

杨柳扶风曲岸垂，残红不解恨春归。
双飞燕子下檐飞。
心事盈盈谁与诉，一帘幽梦乱愁堆。
窗前久伫理罗衣。

浣溪沙·思荷

岁岁红鳟戏碧莲，风荷一举水清圆。
淅淅春雨涨思源。
谁料今年花不见，芙蓉池里小新残。
沉沉睡鸟诉无言。

浣溪沙·小满

不系轻舟①向海涯，诗书做伴好为家。
碧波万里赏余霞。
如此安然心似水，不求到处尽繁华。
人生小满不相赊。

①苏轼《自题金山画像》：『心似已灰之木，身如不系之舟。问汝平生功业，黄州惠州儋州。』

青玉案·不惑舒怀

人生路上经行半。来程短，去程远。风雨阴晴知冷暖。

玉壶斟满，鬓霜轻染，莫把心情减。

如今世事已成惯，愿把舍得细分辨。滚滚红尘终聚散。

春去秋来，光阴可否，可否声声慢？

醉花阴·春寒

冷雨淅淅真无住，梦醒听风树。辗转不成眠，
遥夜沉沉，寂寞今宵度。
经行世路知何处？莫轻言空许。叹多少豪情，
都付流云，恨把银丝数。

减字木兰花·踏青

春光无限，美景如屏花烂漫。
无限春光，鹊鸟隔林细语长。
东风送暖，斗草踏青迎笑脸。
送暖东风，十里烟霞不胜重。

江城子·戏沙

岭南冬景似春华[1]。到处花，竞来发。青烟渺渺，碧浪润汀沙。
却顾闲庭来所径，光脚印，串成花。

兰舟解索欲催发。映接霞，海无涯。乘波逐浪，何日早归家？
泛泛白鸥轻涉水，探鱼仔，莫惊它。

①唐白居易《早冬》：『十月江南天气好，可怜冬景似春华。霜轻未杀萋萋草，日暖初干漠漠沙。』

千秋岁·晨雾

晓来帘卷，霜雾满庭院。音语乱，人不见。身似游碧落，仙气冲霄汉。
空雨软，和与细风轻拂面。
莫等云开散，新日出光灿。人寰处，还清看。雾花多变幻，水月白波渐。
身苦短，心向板桥一声叹[①]！

①清郑板桥名言：『难得糊涂。』

南歌子·海南行

五指山风静，亚龙湾水清。船长①门外笑相迎，万里关山人近，语相亲。

寻鹿东山岭，思贤五相亭②。东坡苦雨也当晴，逐浪琼海烟雨，任平生。

①自驾海南，夜宿海口市『船长之家』旅店。旅店老板竟是甘肃庆阳人，上世纪九十年代在海南当兵，转业后开此旅店。

②五相亭：五公祠，五公乃唐朝宰相李德裕，北宋文豪苏轼，南宋的抗金名将李纲、李光、赵鼎和名臣胡铨。

减字木兰花·年关

年关又至，一岁芳华今又逝。
又至年关，梦里几回归故园。
高楼明月，映在窗前几片雪。
明月高楼，洒向心中一抹愁。

鹧鸪天·看雨

独坐小亭看雨迟，最堪无酒又无诗。蓬飘南北染霜色，月冷星河入梦时。

山远近，树参差。残花满地起相思。年来多少伤心事，还问西风知不知。

浪淘沙·听雨

小憩不成眠。阴雨连绵。芭蕉点点百花残。
旧事心情难拾掇，身在江南。

掩卷再凭栏。满目云烟。舟摇一叶到天边。
浪里风光迎海客，草木青山。

第四辑

乡思亲情

旧车票

癸卯春日，整理书架，发现一本书中夹有当年大学毕业时自长安南下珠海的火车票，票面时间为二零零五年七月五日，如今已有近十八年矣。

当年意气下南州，人在天涯已久留。漠漠红尘身是客，长安落叶几经秋。

除夕

情侣路边，看烟花朵朵、听爆竹声声，不禁鼻子酸起、眼眶湿润。不容易！急就草一绝以寄。

玉兔[①]迎来万户欢[②]，三年不易已翻篇。苍穹为纸花为笔，绘就人间新地天。

草木子衿——望雪斋诗词集

①玉兔：指癸卯春节。
②万户：王安石诗《元日》：『千门万户曈曈日，总把新桃换旧符。』

岁末扫除

年二十六，大扫除。

桌前旧历渐翻无，岁尾收心洗敝庐①。捡点囊中还涩涩，不如重理五车书②。

①晋陶潜诗《移居》：『敝庐何必广，取足蔽牀席。』

②王维诗《戏赠张五弟諲三首·其二》：『张弟五车书，读书仍隐居。』辛弃疾《满江红·寿赵茂嘉郎中前章记广济仓事》词：『算胸中，除却五车书，都无物。』

荞麦

荞麦花开心不群[1]，分明棱角自芸芸[2]。缘何甘愿寒霜度，为避饥荒做殿军[3]。

---

①笔者老家陇东地区，荞麦是一年收割最晚的粮食。当今人都知道荞麦是好东西，防三高，对庄稼人来说，荞麦是一年光景的兜底。

②宋晁补之《阁子常携琴入村》：『芸芸麦田翻黄波，蛹虫盘穗如蜗螺。』晁补之，苏门四学士之一。

③殿军：行军时走在最后的部队。

思乡二则

我生如旅雁，灵魂注定在南北穿梭，他乡成故乡，故乡变他乡。年关将至，感慨系之。

其一

谁道浮萍心自安①，他乡故里两纠缠。人生南北②真如梦，旅雁年年乃往还。

其二

极目陇原魂欲飞，寂寥老径雪成堆。此身久做江南客，腊尽柴门人不归。

①苏轼词《定风波·南海归赠王定国侍人寓娘》：『万里归来颜愈少，微笑，笑时犹带岭梅香。试问岭南应不好，却道，此心安处是吾乡。』

②吴敬梓词《秦时月》：『人生南北多歧路，将相神仙，也要凡人做。』

送灶

年二十四，南方小年①。

昨夜餐丰酒气高，今朝述职不牢骚。玉皇还问人间事，应报三年疫未消。

梦回陇原

重阳前夜，梦回陇原。祝愿父母安康、兄弟姊妹安好。

黄土窑前遍地霜，白藤山上散萸香②。昨宵一枕童年梦，到底他乡非故乡。

---

①南方小年是腊月二十四，北方小年是腊月二十三。据说是清朝皇帝为节省开支，将祭天大典和送灶神两件事情合并为一天，将小年提前至腊月二十三，而南方远离政治中心，则保留了腊月二十四过小年的传统。

②唐王维《九月九日忆山东兄弟》：『遥知兄弟登高处，遍插茱萸少一人。』

步行下班见秋景有思二则

其一

小径红花林鸟啾，白云绿水两悠悠。几枝黄叶随风落，已是天南半个秋。

其二①

身似江南一叶舟，飘摇不系泊滩头。随阳雁带十年梦，心寄陇原满地秋。

①按：老家兴斌叔留言笑我：『几枝黄叶孤自落，天南哪有北国秋！』诚然，自在外求学以来多少年，家乡只有冬夏，没有春秋，辄步韵回之。

听书有感二则

周末仍上班。课后，指导闺女课字，再去图书馆，偶遇『珠海讲书人』活动。大有收获。

其一

何处清风扫世尘，韦编一展日常新。得来纸上莫言浅①，阅世还看②演讲人。

其二

常言相伴且相亲，课字调琴闻善音。教子同教己亦长，人生何处不修心。

---

①宋陆游教子诗《冬夜读书示子聿》：『纸上得来终觉浅，绝知此事要躬行。』

②看：平声。

无题

预报正面来袭的台风居然绕道而过，带来些风雨，也不算太大，教女习《曹全》。

此生求简不求奢，望雪斋中任自歌。却道人心真似水①，若无风雨亦无波。

（新韵）

凌云志②

夜半清光照老坡，飘萍卅载意如昨。此生曾许凌云志，咥饱环洲夹肉馍。

①反用典，出自唐刘禹锡的《竹枝词九首·其七》：『瞿塘嘈嘈十二滩，人言道路古来难。长恨人心不如水，等闲平地起波澜。』

②按：自制肉夹馍。当年在县城求学，窝租在老城半坡，周末夜晚瞎逛环州夜市，最馋肉夹馍，却吃不起，故立凌云志，乃咥饱肉夹馍也。

小儿太空梦

台风『马鞍』逼近，暴风前的宁静。一拖二看科幻电影《独行月球》，本来担心五岁的儿子坚持不下来，结果看得津津有味，归来后又马上根据『南瓜科学』课程做成了太空服。记之：

五岁从来未认真，紧盯银幕不分神。马鞍[1]来势何其大，我乃追星揽月人。

①马鞍：台风名。

学隶二则

其一

汉隶宗风数几多①，残碑断迹细琢磨。空蒙烟雨欲迷眼，春水一湖又起波②。

其二

父学礼器女曹全，入手容易精进难。莫想一朝成法度，心恒日日再年年。

①笔者写《礼器碑》，女儿学《曹全碑》。礼器庄严，曹全柔美。

②隶书讲求『蚕头雁尾，雁不双飞』，但《曹全》横画多弧线，《礼器》多直线或斜直线，二者运笔结字有很大差别。

天伦乐

难得半天休息，携幼将雏去金湾图书馆，三人排坐，每人一册，各取所爱，各有所乐。

闲来携子上书楼，瀚海茫茫任泛舟。若有年轮能倒转，重来四十更何求？

带娃随吟

晴光有意照林花，三径[1]无人沏老茶。小小兰舟心作顶，傍山随水任天涯。

---

①三径：指乡间小院。典出西汉末年，王莽专权，兖州刺史蒋诩辞官回乡，于院中开辟三条小路，只与求仲、羊仲来往。晋陶渊明《归去来兮辞》诗句：『三径就荒，松菊犹存。』

游环州故城①

壬寅暑假，回老家探亲，游环州故城。

故城门外放新花，宋塔②园前白路斜。千载边关兵事了，烽台犹在照余霞③。

①环县古称环州，环州故城是环县依托境内秦代长城、萧关古道、灵武古台、宋代砖塔、明代老城等历史遗迹新建的旅游景区。建设『古塔印记、如见环州、沙场风云、龙泉叠水、陇东别院』等景点。

②环县宋塔，考证其建于北宋庆历年间。

③环县位于陕甘宁三省交界，地理位置独特。隋唐时期，环县是抗击突厥、吐蕃的御边重地；北宋时期，环县处于宋夏冲突的最前沿。据清华大学解志熙教授考证推论，范仲淹在此驻守边关，写下了千古名篇《渔家傲·秋思》。

小满

今日小满，网购杏以尝。思乡，试嵌『小满』入绝。

门前杏树已初黄，峁畔麦田早灌浆。最是怡人小菜圃，花开朵朵满村香。

为闺女主持诗词大会作

经过几天的紧张准备，三年级的女儿终于完成了学校诗词大会的主持任务，这是个非常好的锻炼自己的机会。

其一

燕舞莺飞柳叶长，莘莘学子聚华堂。千秋李杜同云雨，万里月明不两乡①。

其二

唐风宋雨几重来，陌上新花次第开。提笔虽难成半句，阶前嫩草印青苔。

①化用唐王昌龄《送柴侍御》：『青山一道同云雨，明月何曾是两乡。』

妻女学书

寒假期间指导闺女学《曹全碑》，妻亦心血来潮，共学之。但妻无习字功底，不懂隶书基本笔画，余与女齐笑，乐也。

翰墨从来未易尝，闺中学子带娇娘。
双飞雁尾才笑过，又指蚕头①似角羊。

①隶书笔画讲究『蚕头雁尾』，但要注意『蚕不二设，雁不双飞』。

题大苏像

晨起，九岁闺女送礼物予老爹，乃东坡画像，知父莫如女也。

独在闺中好意如，常翻老父枕边书。何来竹杖芒鞋[1]画，从小知余爱大苏。

采摘

门前绿树欲遮山，深井浅溪幼犬眠。嘬得草莓红小个，今年还比去年甜。

①宋苏轼《定风波》词：『竹杖芒鞋轻胜马，谁怕？一蓑烟雨任平生。』

厨夫

憩日厨夫不恋床，早来菜市为谁忙。一支锅碗瓢盆曲，换得西窗日影长。

观闺女画展

珠海金湾航小与澳门圣保禄学校『迎冬奥』画展在金图展出，女儿画作《集锦》代表航小展出。

曾经咫尺是天涯，望断濠江①不见家。最爱如今七子笑②，冰心③绘就白莲花④。

①澳门与珠海共饮一江水，流经珠海叫作前山河，在澳门境内叫作濠江。
②闻一多《七子之歌》。
③冰心：指赤诚之心。
④白莲花：澳门市花。

自驾归乡

万里驱车归故乡，鸡声茅店月如霜[1]。华灯美景皆经眼，唯爱窑门一束光。

①唐温庭筠《商山早行》诗句：『鸡声茅店月，人迹板桥霜。』

『六一』四则

其一

南坡六月杏初黄，牛角挂书①金古梁②。开卷未曾真有益，邻家谬赞读书郎。

其二

未进瓜园心已慌，邻家阿狗又汪汪。撤开小腿怀中满，嫩籽白瓤树底尝。

其三

久客天涯意未收，十年一梦在南州。隐约渔火逐波远，身似飘蓬月似钩。

其四

求索人生欲万千，蹉跎半世已萧然。拎回一串玲珑梦，原做③乡间小少年。

---

①牛角挂书：喻读书勤奋，学习刻苦。《新唐书·李密传》：『闻包恺在缑山，往从之。以蒲鞯乘牛，挂《汉书》一帙角上，行且读。』

②金古梁：指香港著名武侠小说家金庸、古龙、梁羽生。

③此诗于儿童节当日发微信朋友圈，有圈友评论：『原做，当为愿做。』余回评：『余本为农家出身，黄土地生，黄土地长，乃原做更为合适。』

闺女学音乐基础班毕业有寄

风雨三年如过隙，宫商①不与唱黄鸡②。今夕弹罢休言了，来日仍须待子期③。

赏闺女掐丝画展

芒种梅天风雨凉，掐丝沙画绕围墙④。只须会意千般事，不仅人生有所长。

①宫商：指『宫商角徵羽』，是中国古代五声音阶中五个不同音的名称。
②唱黄鸡：感叹时光流逝，典出宋苏轼《浣溪沙·游蕲水清泉寺》：『门前流水尚能西，休将白发唱黄鸡。』
③钟子期：春秋时期人。俞伯牙、钟子期是一对千古传诵的至交典范。伯牙善于演奏，子期善于欣赏，子期死后，伯牙绝弦，终生不再弹琴，代表作有《高山流水》。
④九岁闺女掐丝画『二十四节气』系列画在金湾区图书馆大厅展出。

杏子

老家的杏子黄了。我对杏子有特殊的感情，读小学中学，每年暑假拾杏子、晒杏干、杏核，换钱赚学费。没有杏子，就没有我的学业。

风起南坡满地黄，左携口袋右提筐。长长夏日晒山杏，晒进书生好课堂。

『父亲节』有感二则

其一

垄上归迟步履匆，老牛嚎叫木槽空。
从来不为油盐计，花甲始练厨子功。

其二

大女早懂宫徵[1]琴，小儿才发牙牙音。
吾肝汝胆两相照，泛海同舟[2]共此心。

①『宫商角徵羽』，是我国五声音调中五个不同音的名称，此处代指音乐。
②『同舟』二字，谐音吾女及子名字也。

上巳节踏青

祓禊①丽人春水边，瑶池桃会正开筵。人间天上倾城去，莫负韶光三月三。

长安叙旧

舞榭歌台返汉唐，长安西市遇八郎②。今宵也作五陵少③，胡肆酒家一梦长。

①祓禊：中国传统民俗。祓，古代为除灾求福而举行的一种仪式；禊，古代春秋两季在水边举行的清除不祥的祭祀。每年于春季上巳日在水边举行祭礼，洗濯去垢，消除不祥。

②八郎：余高中时好友名君。高中读环县一中，一帮朋友意气相投，相交甚好，则学『桃园结义』结为兄弟，名君排行老八。

③五陵少：典出成语『五陵年少』，泛指京城长安富豪子弟，李白《少年行·其二》：『五陵年少金市东，银鞍白马度春风。落花踏尽游何处，笑入胡姬酒肆中。』

咏包子

莫笑体圆腹鼓囊，万般滋味肚中藏。何须遁地循天觅，美味原来在日常。

割麦

夏至左右，陇东山区的麦子黄了。割麦，是急事、累事、大事。

去岁秋风送雨忙，今年长穗等身量。啬夫①不怨宵漏短，鸡叫五更上南梁。

①啬夫：指农人。

夏至

昼晷[1]云极夏日长，南天路上沐熟汤。乘云踏浪浮千里，丈二土窑好纳凉。

①昼晷：指白天的时间。唐韦应物《夏至避暑北池》：『昼晷已云极，宵漏自此长。』

宁陕暑假乐

雨过送新凉，出门队伍长。飞漂惊伙伴，坠砾戏阿黄。
绿水奏清曲，青山托落阳。杆头多愿者，乐坏捕鱼郎。

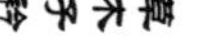

为母亲六十寿辰而作

试写藏头七律一首，感谢母亲的付出，祝愿『母亲生日快乐安康』！

母为儿孙远陇山，亲朋难见几多艰。
生根塞上黄沙地，日晒北坡六月天。
快觅青虫归燕早，乐天嫩翅忘家还。
安得如意此生事，康健高堂幼绕前。

燎疳①

老少跳疳燎气煞，柴蒿篝起照农家。
可待软风拂杏李，更期新露润桑麻。
毛头火里放鞭炮，馋嘴灰中埋地瓜。
今年应是收成好，户户扬飞五色花②。

①燎疳：笔者老家陇东地区风俗。正月二十三夜，农村家家户户门前燃起篝火，人们跳过火焰，以期消灾除病、五谷丰登。

②篝火燃毕，人们用木锨扬起火星，用空中的火花，寄托今年各种农作物的收成，如荞麦花、小麦花、玉米花、豆子花、糜子等，空中的火花，形成各种图案，十分好看。

为珠海庆阳同乡联谊会作

火聚陇东散满星，明珠月夜数流萤。搅团①送爽馐失色，羊肉飘香肴没②名。

万里浮云游子意，千樽美酒故乡情。先周③旧地魂牵梦，南海弄潮携手行。

①搅团是陕甘著名的特色小吃，根据主要用料不同，分为荞面搅团、玉米搅团和洋芋搅团。搅团的吃法多种，有水围城、漂鱼儿，也有烩搅团、炒搅团和凉拌搅团。

②没：读『默』音，仄声。

③先周以农耕发迹于庆阳，创制了以农耕文化和礼乐文化为特征的周文化，奠定了中华民族的礼仪与道德传统。庆阳也是岐伯故里，是中医文化的发祥地。

闻父收荞知苦甜

寒烟九月锁山屯，破晓人开小径门。飒飒秋风吹老树，排排阵雁入高云。

一川白雪①脾心润，半脸红霜日月曛。无那②收成桑梓远，天南久寄是何村。

①白雪，与下句『红霜』对仗，荞麦花多呈白色，荞麦秆呈红色。

②无那：无可奈何之意。余暑假回老家探亲，与父亲一起种了七亩荞麦，长势很好，颇有收成，无奈自己久居天南，无法帮助父亲收割。

送母亲返陇

母亲带孙十年，很不容易，用母亲的话说：『完成任务了！』

辛苦北南两地家，十年海月染霜华。淅淅夜雨侵乡梦，瑟瑟西风带土沙。

出岫闲云心有寄，归根落叶意无涯。柴门又见春来早，儿女回头浣客纱。

次兴斌叔《李原畔远眺》

家途万里意难收，漂泊天南几度秋。求索何妨还梦马，通途[1]未及再牵牛。

约期已负黄蒿峁，底事[2]仍留柳树沟。莫叫清愁寄老酒，暑归弹指可凝眸。

附：兴斌[3]叔《李原畔远眺》

轻风阵阵掠原头，环水悠悠几度秋。放眼两龙穿北谷，侧身一箭射南沟。

亲朋微信联宇内，同事抖音晒环州。莫笑老翁心趣盛，从今信步定无愁。

①通途：此处有两层含义，一乃银西高铁开通，家乡交通发生翻天覆地的变化，二乃与上句『求索』对仗，表达读书求学之艰辛、目前生活现状之满意也。

②底事：有何事、此事之意。南宋陆游《寓蓬莱馆》：『底事妨人睡，楼头暮角哀。』

③张兴斌：族叔。兴斌叔任中学、职专校长多年，有先进的教育理念和卓越的教育贡献。

家山

客在南州久忆甘，寒云如絮雪如山。围炉换盏人人沸，挤炕齐眠夜夜阑。

身与流年二十载，心随绮梦酒三钱。江湖路远诗心瘦，且把此情付老坛。

暑归二则

其一

莫问出门多少粮，游来只管趁归狂。金樽对月千杯尽，玉液临风一曲扬。

冷暖温凉常挂肚，离合聚散总牵肠。柳林凤酒①几回醉，情在今宵好梦长。

其二

又到长安访汉唐，终南面见探亲郎。一途风雨一途景，半袋诗书半袋馕。

青史茫茫云中月，红尘滚滚鬓上霜。但念故园依旧好，梧桐叶落话温凉。

①西凤酒是中国老四大名酒之一，产地在陕西宝鸡凤翔县柳林镇，故以前西凤酒叫作柳林酒。

芒种有寄

今日芒种，小诗寄怀，蒙同乡志宏兄不嫌，步余拙作遣兴兼寄怀。

曾事农桑黄土间，此心未敢忘农艰。少年不耐五更月，老汉尤嫌阴雨天。
云岭晨收无水米，田家夜半有炊烟。如今种豆成均①里，得豆成仓喜裕年。

附：志宏兄次余诗

雨育陇原忆从前，十年九旱万苗艰。少壮也愁黄昏月，老衰更怕土雾天。
秃岭归鸦失所饮，干沟枯柳升炊烟。而今夜夜雨声里，得梦故园青多年。

①成均：相传是尧舜时期的学校。

下班急往市场买菜作

琴棋原本渺茫中，最是米柴费事工。坐地增身三黄鸟①，乘风展翅二师兄。

少年未试灶台苦，老大甘当烧火翁。好配陇东饸饹面②，久藏马岭③酒添盅。

①三黄鸟：指南粤地区盛产的三黄鸡。

②饸饹面：庆阳名吃。当地人用专用的压面『床子』，压出爽滑劲道的面条，可配羊肉臊子，十分美味。

③马岭镇：属甘肃省庆阳市庆城县，以黄酒闻名。

记臧老①

白云观上评巫术，白家甲中论宗族。暑来把玉秋弄瓦，雪夜闭门读尚书。
巴山蜀水寄乡思，佳境李桃满玉壶。毕业当时忘合照，南州有景还记否？
（古风）

---

①臧老：指大学业师臧振教授。二〇一四年初，余与同学请臧师在珠海望海楼小聚。聚后老师布置作业，仿古人之雅集，写点作业上交。此小诗因此而生，为配合文意，小诗不合平仄格律，权当所谓『古风』罢了。臧师不嫌，为之作注，并收入其散文集《戈辰随笔》之中。

附臧师注

『白云观上评巫术』：拙著《蒙昧中的智慧——中国巫术》最后一章记述在佳县白云山道观所见当代巫术遗存。『白家甲中论宗族』：白家甲，佳县村落名，拙文《白家甲的家族公社》和《宗族社会初论》论及中国上古三代为『宗族社会』。『把玉』、『弄瓦』：一九八九年至二〇〇六年，余主管系『文物陈列室』，其间撰写了《中国古玉文化》一书，又为陈列室购入秦汉瓦当二百余枚及秦宫凤纹砖一块。『雪夜闭门读尚书』：是我一篇小文的题目，见《戈辰随笔》。二十世纪九十年代末到二十一世纪初，我用近十年，完成《十三经辞典·尚书卷》的主编任务。『渐入佳境』：拙文标题，该文记载自己在佳县中学任教经历。『毕业当时未合照，南州有景还记否？』：根存毕业数年后返校，我告诉他，毕业前夕他与其女友张敏来文物陈列室跟我告别，事后我才记起未合影留念，很是遗憾。

忆少时过端午

少小不知品粽鲜，更无舟赛欲争欢①。满挂绿蒿除恶瘴，轻缠彩线寄平安②。

云来河畔嫩苗挺，雨过门前酸杏繁。牧羊南岭日头久，长望西山也『问天』③。

①老家陇东，因地处黄土高原，故少时不知粽子为何物，也未见过赛龙舟之盛况。

②宋苏轼《浣溪沙·端午》：『彩线轻缠红玉臂，小符斜挂绿云鬟。』

③屈原有作品《天问》。此处用『问天』相呼应，乃有应景端午节之意。少时山坡上放羊牛，觉得时间太长太长，一直盼日头落山，注意着日头与西山的距离，记忆犹新。

带闺女赏环县皮影①

鼓弦阵阵透纱窗，闻往故城影戏场。世事千秋口一道，雄兵万众手双扬。

堂前附骥②营营客，榜下乘龙切切郎。仔细临来能继否，南州小女问师忙③。

①环县皮影：以悠扬激越的道情为曲调，以精雕细刻的皮影为表演形式，是一种集口传文学、民间音乐、民间美术、民俗活动等为一体的综合性戏剧艺术，入选联合国『非遗文化』名录。

②附骥：指蚊蝇附在好马的尾巴上。其与下句『乘龙』对仗。

③余同学张治文兄，醉心于皮影雕刻，成就斐然，女儿喜欢皮影艺术，乘机向治文叔叔请教。

减字木兰花·寒流

年初三，寒流，南粤近十年最冷春节。

寒风瑟瑟，冷淰心情人反侧。
瑟瑟寒风，吹落繁花数几层。
江南久客，遥想当年溪上月。
久客江南，谁为乡关恶意还①？

①近日媒体报道，因为特殊原因，某市县称过年回家团聚的返乡人为『恶意返乡』，让人难以接受。

减字木兰花·烟花

烟花易冷，也有诗心惜自捧。
易冷烟花，泊到天涯即是家。
人生何处，欲把流年能永驻。
何处人生，付与关山梦里情。

减字木兰花·佳节怀乡

没有在老家过年的日子，已经有十一个年头了。有感于斯，填词以寄。

天南地北，炫彩华灯人不寐。
地北天南，久客天涯未忘还。
山长水远，雪落柴门风漫卷。
水远山长，冷雨无声思断肠。

一剪梅二则

其一

海上涛头泛玉光。风满西窗，月满西江。
闲来聚此觅芳香。锅内全羊，桌上珍藏。
行令猜拳过百觞。酒入豪肠，气入豪肠。
半酣半醒任疏狂。哭又何妨，笑又何妨！

其二

青史长翻似水流。千事皆休，万事皆休。
人生南北欲何求？塞上牵牛，岭外摇舟。
谁解心中一缕愁。欲上西楼，再上西楼。
夜长漏断月如钩。身在南州，心在环州。

苏幕遮·雨夜读玉华师

枕窗风，听夜雨。点点芭蕉，冷落声难住。
浅醉轻翻长短句，万古江河，日日长流去。

叹今生，空自许。人似飘蓬，久作天涯旅。
万里家山游子梦，心赋难酬，寄与何人读。

江城子·结婚纪念日有感

秦砖汉瓦共徜徉。度陈巷，步流光。同窗四载，缘定墨池香。

纵有三千弱水①处，一瓢饮②，沁心芳。

空囊负笈入南江，伴君郎，为家常。同舟共济，稚幼唤爹娘。

执手③相携白首去，年份酒，味绵长。

①苏曼殊《碎簪记》：『君思弱水三千之意，当识吾心。』

②《论语·雍也》：『子曰：贤哉！回也。一箪食，一瓢饮，居陋巷。』

③《诗经·击鼓》诗句：『执子之手，与子偕老。』

江城子·重阳

才知南岸又重阳。送新凉。谢花妆。秋飒云高，塞雁字①长长。
木叶萧萧山海处，风乍起，漫金黄。
浮生自笑亦轻狂。裹行囊，下南江。一梦十年，冷暖自思量。
人在天涯乡路远，思稚子，念高堂②。

---

①唐白居易《江楼晚眺景物鲜奇吟玩成篇寄水部张员外》句：『风翻白浪花千片，雁点青天字一行。』
②写此阙时，母亲带着一岁儿子还在甘肃老家。

柳含烟·梦雪

三更雨，五更风。昨夜新寒浸被，漫漫飞雪入梦中。乱长空。

自忖①生涯缘有定，知是此愁无尽。待到春来望千重。美归鸿。

①忖：思量、推测。元代马钰《满庭芳》词句，『闲闲里，扪心自忖，有似遇良医』。

诉衷情·白露

西风盈袖送轻凉，山远桂飘香。
烟云千里无际，极目望，秋水长。
思陇上，露成霜，叹流光。
半杯浊酒，万缕乡绪，都入愁肠。

采桑子·随阳雁①

人生不似随阳雁。万水千山。万水千山，未有高鹏入云天。

人生又似随阳雁。冷暖酸甜。冷暖酸甜，似梦流年也悠然。

①唐代元稹《咏廿四气诗·寒露九月节》句：『寒露惊秋晚，朝看菊渐黄。千家风扫叶，万里雁随阳。』

梅溪已隐，风节长存——怀念王玉华老师

王玉华老师走了。

噩耗是玉华老师的大学同学，也是我的同事告诉我的。玉华老师前几年得了很严重的病，我听臧老师讲玉华老师的胃被全部切除，术后恢复良好，但已无力承担学术研究和教学工作。从玉华老师得病到现在，应该有好几年了，这个阶段我虽然不太清楚其病情到底是好还是坏了，但盼望老师能挺过五年期这个坎，终究是天妒英才，病魔最终还是把玉华老师带走了。

玉华老师得病期间，我也几次和臧老师讲，想回去看看玉华老师，但我心中有愧，不敢回去直面玉华老师。玉华老师是位沉默寡言、含蓄深沉的老师，大三时期，选修玉华老师『中国近代思想史』课程，老师的深沉理性，让我感受到了思想的魅力。玉华老师文史兼通、才华横溢，学院当时趁网络兴起之东风，开『西岳论坛』，玉华老师个人专栏『梅溪唱响』分享诗词大作，引崇拜者众。

毕业论文选题，我选择中国近代史方向，玉华老师是我的毕业论文导师，玉华老师过

谦，说我的论文是中国近代军事史，他涉猎不多，不能从内容上做指导，只能在论文写作规范上给我指点。为避东抄西拼，我选择了一个冷门方向，写甘军首领董福祥。《辞海》中把董福祥写成回族，是个有待商榷的问题。我在老家找到了董福祥墓志铭的拓本，考证了董福祥可能是汉族。我在论文中对董福祥领导甘军的发展与清末政局的影响做了论述。老师很赞赏我的选题，认为有新意，没有拾人牙慧。论文答辩，老师推荐我的论文为优秀毕业论文，问我是否可以把董福祥的墓志铭做个专门的研究，他推荐发到《文物》等专业学术杂志上，后来很快毕业了，南下的我，浑浑噩噩、忙忙碌碌，毕业论文早就不知扔到哪里去了。

和院里一些老师比较，我和玉华老师的接触并不算多，除了论文指导，我和玉华老师并无其他交集。临近毕业的一天傍晚，玉华老师突然叫我和他一起散步，在师大新校区的林荫道上，在昏暗的路灯下，我陪玉华老师聊天，玉华老师问我以后的打算。其实我在大四开学初就签了南下广东的就业协议。玉华老师希望我在他门下继续深造读研，他说很看好我，希望我在学术事业上有所作为。当知道我的家庭情况后，他叹息了，但劝我不要放弃，工作几年，等经济宽裕了，再回来读书，他等着我。老师送了我他的著作——《多元视野和传统的合理化——章太炎思想的阐释》，他是国内研究章太炎的知名专家，书的扉页上写了送我的话：『根存同学惠存，博观而孱守之，致精微以识大体。』我没敢向玉华老师主动索书，是玉华老师提前自己准备好的。

玉华老师是博士生导师，能对像我这样一位芸芸之中的本科生有这样的期望，我十分感动，但在南方的这十几年里，我最终也没成为老师期待的样子，我不能还是拿自己的家庭条件当借口，我没有恒心和目标，缺乏攀登学术高峰的勇气和毅力。玉华老师学术道路上孜孜以求，是南开硕士、南京大学博士，硕士师从陈振江教授、博士从师茅家琦教授，一路名校名师，其实玉华老师生长在极为特殊的家庭，农家出生，少时过继，由继父养大成人，老师的成长经历充满不足为外人道的艰辛和坎坷。

玉华老师由福州而西安，时任院长的贾二强教授特别看重玉华老师才华，诚心邀请老师来西安任教。贾院长后来经常说，自己在任为院里做了一件特别重要的事情，就是能邀请到玉华老师加盟，玉华老师是真正才华横溢、淡泊名利、一心向学的好学者。据说，房校长在位时期，给师大教职工建新楼，房校长解决住房问题，口碑很好。博导级别的玉华老师当然可以优先选到大房子，但玉华老师推辞了，认为自己原来的房子够住，不需要新房子、大房子，如此淡泊名利的教授，真是一股难得的清流，一时间被传为佳话。

玉华老师是章学研究专家。章学研究以艰难著称，需要有相当深厚的文字学、音韵学、训诂学基础。玉华老师诗词俱佳，是当代著名的学者型诗人，老师发表在『西岳论坛』上的诗词作品，曲高和寡。我极其喜欢玉华老师的书，工作之后，费了很大周折买到玉华老师的《蓝心玉屑集》，繁体竖排，清新典雅，我将此书长期放在枕边，时时研读。玉华老师是我格律诗词的引路人。在校期间，我不会写诗词，后来则逐渐喜欢胡诌几句了，和大多数写诗的人一样，开始只知道简单的押韵而不究平仄及其他。大概十年前，同学们与臧老师在珠海相聚，臧老师给我们布置『望海楼雅集』作业，作诗词以记。我写了三首，臧老师很高兴，但臧老师认为自己不通平仄，转给玉华老师看，玉华老师看了后，认为诗词写作还没入门，很是失望。

从此我则专心研究格律，尤其是平仄、对仗，注意区分平水韵和新韵，渐渐知道了格律诗词写作的基本规范。虽然在诗词写作上我并没有得到玉华老师的耳提面命，但玉华老师确实是我学习诗词写作的最重要的导师。近几年，我觉得自己的诗词写作水平略有进步，今年暑假把这几年的习作结集，做个小结，请臧老师为我的稿子写几句批评或者鼓励的话，臧老师建议我把稿子转给玉华老师看看，但考虑两个因素，我没听从，一是玉华老师重病在身，我怕累着玉华老师，二是玉华老师诗词水平极高，对诗词写作要求也高，我怕玉华老师看了后还是失望。

我终究还是没敢直面玉华老师。玉华老师得病后，我几次路过西安，想看望玉华老师而最终未能成行。我学写诗词这几年，希望得到玉华老师的当面指点，可最终我没能鼓足勇气。从我毕业算起，我已经十八年没有见过玉华老师了，玉华老师还没有检查出病的时候，前几年我看玉华老师的照片，黝黑而消瘦，目光有些些忧愤，我感觉玉华老师过得并不轻松。玉华老师的眼睛容不得沙子，对丑恶和虚伪，他保持抗拒。我常读玉华老师的诗，诗中有豪气，也有怨气，敏感的诗人也许要承担更多生命不可承受之重。虽然毕业十八年，我没有和玉华老师直接联系过，但玉华老师其实并没有忘记我这个普通的本科毕业生。几年前，我因身体原因发声有些困难，上课很痛苦，无奈之余，才有了回炉再造的想法。玉华老师转臧老师告诉我，可以尽快在南方临近的高校读个在职硕士，再回来跟他读书，但我已年近不惑，早已失去继续深造的信心和勇气。

我终究没有成为玉华老师期待的样子。

玉华老师走了，我陷入深深的悲伤之中。

其实，人生在世，除了父母和儿女，没有人有对你好的义务。我一次次辜负玉华老师对我的好。

玉华老师的同学正好是我的同事，即将退休，科组叫我写几句诗相送。我写了一首七律，后两句是『卸甲迎来还二廿，身轻腿健任悠悠』，我祝愿科组前辈，退休后还能享受两个二十年的生活。

同为一九六三年出生的玉华老师，正值学术生命的黄金时期，也是诗词写作的黄金时期，就匆忙地走了！这是多大的损失和遗憾！玉华老师病重期间，曾期待老天再给他十几年光阴，他还有太多的东西要写。

斯人已去，风节长存。我还是一直在读玉华老师的诗词，我给臧老师发信息说：『纪念玉华老师最好的方式，是读玉华老师的诗。』臧老师回复说：『极是。』臧老师说：『你为王老师说点啥吧，我发到学院「西岳论坛」。』

我写了一首七律：

《悼王玉华老师》

精微大体记心长，常念梅溪字字香。
师道久留桃李苑，仙风不涴世尘缸。
皖中落叶凝霜冷，塞上秋风瘦菊黄。
此去先生有笔会，约来李杜论词章。

学院民族史专家刘戈老师跟帖，说后两句写得很好。有人能肯定我的诗词，玉华老师，您也许有所欣慰。

玉华老师，您一路走好！

癸卯立冬　张根存

后记

带完了一届学生，迎来了相对充裕的暑假时间，静下心来，整理最近几年在微信朋友圈中留下的文字，把一些所谓『格律诗词』拎出来，整理成册，就有了这本集子。时光都是在不经意中流逝，在波澜不惊的工作和生活中，『诗和远方』，成了多少人的梦想。雁过留声，大概是学习文史的专业冲动，总是觉得没有文字的生活是空落落而无所依托的，但高强度的工作节奏和冗杂的家庭日常，写一些相对长的散文之类的文字，委实困难。诗词，少而精，不占太多时间、不费太大精力，随时随地、因时因事，不断积累，三四年时间，竟然有数百首之多了。

这些小诗，有记读书所感，有发历史咏叹，有为师阅世，有抒览物之情，有享天伦之乐，等等。草木人间，皆有可言。大诗人白居易说：『文章合为时而著，歌诗合为事而作。』这些语句，写所见、所闻、所感，都是情之所至，由心而发。袁宏道言：『大概情至之语，自能感人，是谓真诗。』我是珍视自己的这些文字的，它们记载了我的心路历程，于工作，记录了学生之发展、为师之幸福；于家庭，见证了儿女之成长、为父之快乐。

我爱诗，常醉心于李白的仙气飘飘、同感于杜甫的忧乐之怀。我也喜欢『小李杜』，他们的诗，更细腻、更触动人心。苏东坡，对我影响至大的文人，东坡的诗词，是我多年来的枕边书，他的旷达精神，时时给我慰藉。『国家不幸诗家幸』，明清易代催生出的伟大诗人，吴梅村、钱谦益等，读到他们的文字，也真的是我的幸运。我喜词，既喜『大江东去』，也喜『人生初见』，柳永、秦观、纳兰等，多情细腻，唯美之风让人流连忘返。古典诗词真是一个美丽的大花园，入得花园，处处美景，陶醉其中。

写格律诗是要遵守基本的平仄韵律的，我的大学老师王玉华先生，是我格律诗词写作的引路人。玉华师是我毕业论文的导师，在诗词方面造诣非常高，古体、近体、骚体皆能。玉华师对我很好，鼓励我在学术上继续追求，后来南下觅食的我，陷入了工作和生活的泥潭，失去了继续深造的勇气，辜负了老师的期望。我在校读书时，并没有在诗词写作上请教过老师，但他的几本诗集如《蓝心玉屑集》《梅溪存稿》等，我反复品读，老师是研究国学大师章太炎的专家，『小学』功底深厚，训诂、音韵之学积淀极深，在读他的作品中，我吸取了现当代人写格律诗词的重要养分。国内知名诗词网站『中国诗词论坛』是格律诗词爱好者的精神家园，这里云集着众多

诗词爱好者，大家互相品评，在品评交流中，作品不断得到完善，我的很多诗词作品，受到了『论坛』大咖们的赞赏，这给了我继续创作的信心。

从创作水平上说，我觉得自己是在不断进步和提高的。在文稿最初整理的时候，我是按照微信朋友圈的时间顺序从近往远整理的。远不如近，自我感觉是很明显的，但我也基本收录齐了近三四年的诗词，这也算是敝帚自珍吧。毕竟这个集子本身就是学诗过程的见证，内容字句，仍随其旧，不做改动，保持原来的样子。后来考虑到作品的系统性和层次感，则按照内容和体例分了类别，就把时间性打乱了。

今年十岁的女儿常常是我诗词的第一读者，虽然很多句子，她也不甚理解，需要给她详细解读，我的很多诗词创作背景，都离不开她，比如给她的『配画诗』等，之所以要出版这本小集子，最重要的动力源泉就来自女儿对于文史的爱好，这本集子也记录了父女共同成长的历程，浸润着浓浓的父女之情。

我大学时的古代史老师臧振教授，退休后常居珠海，得地利之便，我常常与老师交流、请教老师，一些涉及读书咏史之作，发给老师批改，老师常常能给我最宝贵的建议。臧老师鼓励我多写『咏史诗』，他还建议我把诗集的典故出处做比较详细的注释，以便我的学生群体阅读。听

从老师建议，『咏史诗』可能将成为我以后诗词创作最为重要的方向，我希望自己出的第二本诗集是『咏史诗』，还有个想法，等我『咏史诗』出版之时，再请老师写个序言，希望老师还能答应我的请求。

本来我对自己出版这个集子是没有信心的，当时在微信朋友圈里随手写来，圈中好友有一以贯之点赞的，也有默默读过、见面后跟我交流的，这些朋友是我坚持创作的动力。有结集出版的打算，才是最近萌发的动念，我确也得到了多个方面的鼓励。女儿希望我做出来，送一本给她，她还认真地为我的某些诗词配画，希望能有所用；六岁的儿子要上小学了，要读书认字了，我希望他以后能翻开这本书读一读，有所收获；臧老师希望我树立信心，他认为我『西北农村成长经历，东南沿海工作生活见识，有爱好读书和思考的习惯』，能够写出值得阅读的文字来；我的高中老师杨树岳鼓励我『阅读、写作、出版』，他认为，『出版的过程就是自我提升的过程』，他用自己的写作出版经历为我指路；我的爱妻张敏，是我同学，也是同行，她鼓励我做自己喜欢的事情，不要考虑太多经费上的问题，她的豁达和明理，让我感动；我的父母没有念过一天书，但他们养育了一个以读书教书为业的儿子，求学的艰辛困苦，回头想来，确实是人生的宝贵财富，常常感念现在的自己幸运、知足、幸福。在我人生最困顿的时候，人生道路上的恩人

因，全国知名书法家杨道英女士为我题写书名，切切鼓励，每每让我感动。杨树东先生，他帮助我渡过难关，我无以报答。缘际会，近一年来，我随道英老师习字，工作生活繁忙，进步缓慢，道英老师谆谆教导、切切鼓励，每每让我感动。

今年是我的不惑之年。孔夫子说：『三十而立，四十不惑。』在我三十岁的时候，女儿刚刚出生，事业也进入相对稳定期，如果把『而立』理解为『成家立业』的话，我应该是在十年前做到了，但我更愿意把『而立』的内涵理解为人的世界观、价值观、人生观的形成，于国家、于社会、于家庭，自己要成为一个什么样的人。十年之后，再反观自己走的路，有欣慰，不后悔，是谓『不惑』，不再计较名利得失，不再人云亦云，不再随波逐流。站在人生半道的『不惑』节点上，我想得更多的是，我知足，我幸福。我不再去刻意追求什么，而是珍视我现在拥有的，健康、亲情、友情、师生情。我是希望这本集子能在今年出版，就把它当作是我人生道路的留声机，留下我感知这个世界的印记，也是给不惑之年的自己的一个交代。

格律诗词的写作是一座需要不断攀登的山峰，我深知自己的水平有限，虽然我也努力学习音韵平仄，写作方面尽量符合格律诗词规范，注意平仄，区别平水韵和中华通韵，但因为积淀不够，这些诗词文稿应该还有很多需要改正的地方，这也是我今后诗词学习和创作努力的方向。

基础教育的一线教师是平凡而忙碌的。做一名好老师，学生喜欢上你的课，能在你的课堂上有快乐、有收获，能因为你而轻松、高效地学习，你的课能为他终生发展有益，我一直是以此为方向而努力的。我经常给学生们讲，我们的教育，就是要教会学生有幸福的能力，要学会创造幸福、感受幸福、分享幸福。

三尺讲台，教书育人，我感觉很幸福；万卷诗书，读书写诗，我感觉很幸福。所以，我还要读，要写。

张根存 癸卯夏月小暑夜草于望雪斋

补记

暑往寒来，忙忙碌碌中，一个学期又过去了。小书即将付梓，心中有欣有憾。欣之所在，是给了不惑之年的自己一个交代；憾之所在，是自己对小书的内容仍然不够满意。这是一段关于学诗之旅的记录，有自己满意的句子，也有不如意的内容，想利用寒假时间做全面细致的修改，但时间上已经来不及了，特做个补记说明，以求读者谅解。

诗词要遵循基本的平仄格律。学习平仄格律，是一场艰苦而漫长的旅途，从学写诗词以来，笔者一直在努力探索，但还是远远不够。现在回头检点这些作品，绝大多数字词是基本符合平仄格律的，但个别字有出律的情况。这些句子都是在微信朋友圈中写的，随写随发，虽然笔者能大致区分平水韵、新韵，但不够细致，尤其没有再做平仄检查，导致一些诗词有新韵和平水韵混用的情况，个别诗词为了使文意通畅，顾不上平仄，这些内容，就权当是所谓『古风』吧。

关于古韵和新韵，笔者前两天和一位前辈交流，前辈主张使用新韵，他认为，时代变了，发音自然就会发生变化，现代人写诗不必拘泥于古人发音，新韵才是格律诗词的未来。笔者认为前辈的看法不无道理，当然，诗词新旧韵混用的现象是需要避免的，希望这些所谓的作品，能在后面有修正的机会。

王玉华老师是我诗词写作的引路人，王老师在学术黄金年龄因病仙去，是学界和诗词界的重大损失，为纪念老师，特录入自己写的一篇纪念文章，以表哀念之心。是为补记。

癸卯大寒　根存